Der ganz normale Wahnsinn

Kurze Geschichten

Band 1

für mich
und für alle,
die es lesen wollen

von

B.Lika

b.lika@gmx.de

Inhalt

PMS	6
Wechseljahre	11
Altölentsorgung	17
Tattoomann im Necklischee	27
Cooler Typ bei Plus	30
April, April, …	33
Einmal Petra Gerster und zurück	35
Und die Frisur sitzt	37
Hutmut kommt vor dem Fall	41
Auch kein Kompliment	46
Haarpracht	51
BuHa – Arbeit macht …	56
Noch ein Job?	64
Probearbeit	72
I „häve" a dream	81

big ticket	83
Das Mädchen und der Moderator	92
Unterlassene Hilfeleistung	96
Männliche Selbstgefälligkeit und weibliche Selbstzweifel	98
Highway to hell	100
Kunst oder Gummibärchen	111
Künstliche Wärme	113
Leere Drucker sind gemein	120
Schuhkauf verpatzt	123
Sommer in der Stadt	127
SM-Gespräche SupermarktSelbstgespräche	131
Neues Händy	137
Deutsche Sauberkeit	138
Rumpelstilzchen	143
Keine Ahnung	164

Keine Sorge	164
Gute Unterhaltung	166
Volksfeststimmung im Ein-Euro-Regen	169
Die Bioware ist schuld	176
Wochenendeinkauf	179
Bonuspunkte	181
Suppennudeln hätt ich gern	184
Küchenschrank	194
Verkehrsberuhigt	205
Früher war schneller	216
Verrückte Zeit	217
Beglaubigt oder wahr - Neues vom Amt	223
Helloween	228
Weihnachten im Straßenverkehr	229
Kultur-Banause	235

Buchtitel gesucht und gefunden   238

Herstellung und Verlag:

BoD - Books on Demand, Norderstedt

ISBN 978-3-7431-7873-1

PMS

Kennen Sie die Tage, an denen alle Ampeln auf Rot schalten, ausgerechnet, wenn Sie gerade ankommen und es besonders eilig haben?

Die Tage, an denen Sie morgens um sieben durch die Fußgängerzone laufen, von der grauenvoll lauten Kehrmaschine verfolgt werden und Sie nur mit großem Glück und durch mehr oder weniger (un)geschickte Ausweichmanöver nicht von ihr überrollt werden?

Kennen Sie die Tage, an denen dann auch noch die Spülmaschine nicht spült?

Das sind die Tage, an denen Sie völlig fertig nach einem Bürokindergartentag nach Hause kommen, sich freuen, dass Sie nur noch schnell das Geschirr ausräumen *müssen* und Sie sich dann vor die Glotze werfen können? Bloß nix mehr denken, nix mehr fühlen und nicht mehr bewegen.

Und dann, dann öffnen Sie die Klappe des geliebten (aber so lange er läuft viel zu wenig beachteten) Geschirrspülers und holen einen Teller, ein Becher, ein Glas nach dem anderen heraus, und alles, jedes einzelne Teil, ist voll mit kleinen, bestimmt hochgradig krebserregenden, fiesen Krümeln. Noch mal in der Maschine spülen hilft nicht, die Brösel gehen nur noch durch festes Schrubben ab. Alles einzeln spülen.

Das macht richtig schlechte Laune.

Am nächsten Tag das gleiche Spiel, meistens hält ES nämlich mehrere Tage an: Die ganze Stadt besteht aus roten Ampeln und Idioten, die Ihnen vor die Füße laufen, fahren, rennen, fallen und Ihnen das letzte Baguette vor der Nase wegkaufen.

Auch an der Fußgängerampel ist es noch immer doof: Sie möchten kein Risiko eingehen in diesen gefährlichen Tagen und bleiben bei Rot stehen; geschlagene dreieinhalb Minuten - gefühlte dreizehn. Ständig rennen andere Leute an Ihnen verbotenerweise vorbei, aber Sie unterdrücken tapfer den Mitlaufreflex und bleiben im wahrsten Sinne des Wortes standhaft - natürlich der Kinder wegen.

Endlich. Endlich Grün. Sie preschen vor und --- werden mitten auf dem Überweg von zwei Drittklässlern auf Rädern umgenietet.

Die Strumpfhose ist hinüber, sie rennen mit einer riesigen Laufmasche und Schrammen weiter Richtung Büro. Unterwegs schnell in den Supermarkt (der Strumpfladen hat noch nicht geöffnet) und kaufen irgendeine blöde kratzige Nylonstrumpfhose, die sich dann auf dem Büroklo als zu klein entpuppt; die Beine sind zu kurz, sodass sie den ganzen Tag mit dem Schritt zwischen den Oberschenkeln unterwegs sind. Widerlich.

Am dritten, vierten oder fünften Tag ist es immer noch doof (auch wegen der

Kratzer, die Ihnen die Fahrräder zugefügt haben und wegen des wachsenden ungespülten Geschirrbergs), aber es stand schon mal die Ampel an der großen Kreuzung auf Grün!

Es geht also endlich wieder aufwärts. Sie schöpfen neuen Mut und wagen sich an die Spülmaschine. Sie recherchieren im Internet und befolgen die gefundenen Tipps; wackeln fachmännisch (oder fachfraulich) an den Körben, drehen die Sprüharme im Kreis und stochern in den Düsen.

Dann schrauben Sie, ohne wirklich zu wissen warum, das Fach für das Maschinensalz auf, das Sie erst vorgestern aufgefüllt haben …

… und finden im Salzbehälter: eine verschrumpelte Pellkartoffel.

Am besten fangen Sie gar nicht erst an zu raten, wie die da hingekommen sein könnte. Ich tu's auch nicht. Aber seitdem

nenne ich diese Tage PMS ⁂ **P**ellkartoffel
im Salzbehälter.

Wechseljahre

Ich kann aus eigener Erfahrung berichten, dass Frau (auch Mann) vom sogenannten prämenstruellen Zeitalter nahtlos übergeht und wir die weiterhin vorhandenen Stimmungsschwankungen nun ganz offiziell auf die Wechseljahre schieben können.

Ich bin inzwischen aber sicher: Die Wechseljahre werden nicht so genannt, weil sich etwas an den fraulichen (und männlichen) Launen ändert. Denn die Stimmungen schwanken munter wie eh und je.

Nur die Schuldzuweisungen *wechseln*. Bei „normalen" Frauen wird schlechte Laune auf PMS, das prämenstruelle Syndrom, zurückgeführt. Bei ganz jungen Mädels heißt es Pubertät (bei Jungs auch) und bei mittelalten bis alten Frauen sollen die Wechseljahre schuld sein. Männer haben für ihre Launen den Begriff "midlife crisis" aus dem Englischen übernommen. Ich übersetze das in "Mitleidkrise".

Als ob die Bezeichnung nicht völlig egal wäre, das Ergebnis ist das Selbe, da könnte doch der uncharmante Hinweis auf die Altersgruppe unterbleiben, finde ich. Ich bin dafür, der Vereinfachung halber für alle Frauen und Männer eine einheitliche Schuldzuweisung einzuführen: PMS.

Und wenn Sie zum Leergutbehälter in Ihrem örtlichen Supermarkt gehen und erstaunlicherweise ganz ohne Zwischenfälle einen Bon für Ihr Leergut erhalten und die Kasse das dort aufgedruckte Guthaben auch noch lesen kann, der Kassierer sogar über ausreichend Kleingeld verfügt, dann wissen Sie genau, Sie haben gerade keinen PMS-Tag.

Bei mir scheint sich allerdings schon die nächste Krise anzubahnen. Ich nähere mich nur noch sehr vorsichtig diesen Leergutannahmemaschinen, schleiche mich leicht geduckt an und lege mit gaaanz viel Gefühl die erste Flasche in den Schlund, ordnungsgemäß mit dem Flaschenboden zuerst.

Sofort beginnt alles zu blinken und zu hupen: "Alarm, Alarm, Fehlermeldung, Personal rufen, Alarm, Hup, tröt, huuup!"

Da mir das sehr oft passiert ⏤ eigentlich schlagen diese Dinger fast immer Alarm, wenn ich komme - bin ich vorgewarnt und ziehe schnell die Flasche wieder zurück, springe gelenkig dank Yoga mit zwei großen Seitwärtsschritten zum nächsten Apparat, der - oh Wunder - gerade frei ist, und gebe mich völlig unschuldig.

Als würde ich nichts merken vom Aufruhr nebenan, versuche ich es nun zuerst mit meiner Wasserkiste. Kaum ist sie halb im Maschinenschlund verschwunden, wird sie schwungvoll eingesaugt.

Sofort erklingt Großalarm: "Alarm, Alarm, Hup, hup, huuup, Personal rufen, Fehlermeldung, Alarm, Alarm, bitte das Personal rufen!!!"

Ich bücke mich und schaue in das große schwarze Loch. Ganz hinten steht meine Kiste quer. Ich müsste auf das klebrige Laufband klettern und mich einsaugen lassen, um ranzukommen. Aber am Ende der Leergutabfertigung steht irgendwo der Schredder, wenn ich mich nicht irre.

Hilflos schaue ich mich um. Das einzige Personal weit und breit fertigt an der Kasse Kunden ab, während ich im Alarmraum stehe und bedröhnt werde. Ein höllisches Konzert: "Hup, hup, huuup, Behälter ist voll, Behälter steht quer, Hup, hup, huuup, Verstopfung! Hilfe rufen, Personal rufen!"

Inzwischen sind weitere potentielle Leergutabgeber eingetroffen, der Alarm scheint immer lauter zu werden.

Das einzige Personal aber ist noch immer unabkömmlich an der Kasse beschäftigt und lässt sich vom Gedröhne nicht beeindrucken. Ganz am anderen Ende des Ladens versucht es, den Anschein zu erwecken, vom Alarm nichts zu hören. Und hier blinkt und dröhnt es mächtig, immer dringlicher: "Personal rufen! Verstopfung! Personal rufen! ... Huup, huup, huup! Verstopfung, Verstopfung!!!"

Ich muss laut lachen, der Alarm ist ohrenbetäubend. So hört es sich wohl an, wenn im Atomkraftwerk die Notstromaggregate nicht anspringen (was allerdings kein bisschen lustig ist).

Zum Glück handelt es sich ja nur um (m)einen alltäglichen Supermarktalarm. Ich muss einfach lachen hier so eingepfercht im Alarm- und inzwischen von weiteren Kunden verstopften Leergutraum, in dem es extrem bierlastig riecht.

Leider lacht niemand mit von den Anderen, die sich hinter mir angesammelt haben und dicht gedrängt stehen. Sie schauen mich alle genervt und böse an. Dabei kann ich beschwören:

Ich war's nicht. Ehrlich. Diese Kartoffel ist nicht von mir. Jedenfalls nicht, dass ich wüsste.

Altölentsorgung

Ich bin kurz vor meiner Haustür mit meinem schwerbepackten Drahtesel unterwegs. Komme gerade aus einem schwedischen Möbelhaus, in dem ich nur Servietten kaufen wollte (alles andere, was man da bekommt, habe ich schon).

Ein Sonnenschirm ist seitlich festgebunden und diverse Kleinmöbelteile sowie ein Sonderangebots-Gartenstuhl, der noch zusammengebaut werden möchte, schauen aus den Fahrradtaschen. Ein Mann radelt an mir vorbei und ruft: "Das muss dringend geölt werden."

Ich halte an, nicht wegen seines Zurufs, sondern weil ich dort wohne und die extrahohe Bürgersteigkante nicht hochfahren kann sondern schiebend erklimmen muss.

Dass mein Rad schon seit Jahren geölt werden muss, weiß ich lange. Dafür brauche ich keinen Mann. Aber der Radler versteht mein Anhalten falsch und glaubt, ich wolle ins Gespräch kommen mit ihm.

Erfreut springt er vom Rad und versperrt mir den Weg. Ich komme nicht an ihm vorbei und so beginnt er ein 'Gespräch', oder treffender: einen Dialog.

Ich stehe noch halb auf der Straße, werde fast von drei LKWs gestreift und von einem kurzsichtigen Autofahrer nur um wenige Zentimeter verfehlt.

Aber der Mann ist so in seine Ausführungen vertieft, dass er das entweder nicht mitbekommt oder es ihm egal ist, solange er nur reden kann. Und ich bin da ja leider, leider, immer wieder ein einfaches und leider, leider immer wieder wehrloses Opfer dank meiner übertriebenen Höflichkeit.

Ausschweifend bekomme ich nun erklärt, wo ich überall Öl hinträufeln soll und wie ich es am besten anstelle. Dann sagt er zu meinen grenzenlosen Erschrecken: "Ich habe noch Altöl Zuhause, das kann ich Ihnen gleich vorbeibringen. Dann müssen Sie keins kaufen."

Ich bin verdattert, denn ich wüsste überhaupt nicht, wo es Altöl zu kaufen gibt.

In welchem Haus ich denn wohne und wie ich heiße, will er noch wissen, er würde dann klingeln. Und ich leider, leider, weiß nicht, wie ich mich höflich aus der Affäre ziehen soll und gebe wahrheitsgemäß Antwort: "Da hinten, der letzte Eingang, erster Stock rechts."

Wie tief sitzt bei mir der Wahn, immer höflich und freundlich sein zu müssen? Offensichtlich tiefer, als mein Selbstschutz.

Der Altölige erklärt mir stolz und ungefragt, wo er zuhause ist: "Da hinten fünf Straßen weiter, links rein bei der Feuerwehr, im Haus vom Schwager, bei den vielen Meerschweinchen, die der Schwager züchtet."

Endlich zieht der verschwägerte Meerschweinchenmann ab und ich kann mich vor dem Straßenverkehr in Sicherheit bringen, und natürlich vor fremden (vor allem befremdlichen) Männern. Erleichtert lande ich Zuhause.

Mit einem doch irgendwie unguten Gefühl, dass diese Geschichte noch nicht beendet ist, beginne ich, die von meinem Sohn gewünschten Kartoffelpfannkuchen zuzubereiten. Ich reibe einen Berg Kartoffeln und bin gerade mit der vorletzten Knolle fertig, als es an der Tür klingelt.

Da ich meinen Sohn erwarte und den Altöl-Vorfall schon wieder vergessen habe, drücke ich blindlings mit Kartoffelfingern auf den Türöffner. Und - Sie ahnen es bereits: der Altölmann steht vor meiner Wohnungstür, verschwitzt im angegrauten Feinrippunterhemd, nach Puste ringend, mit stattlichem wogenden Bauch.

Er raste, während ich Kartoffeln schälte, extra schnell nach Hause, füllte sein Altöl in eine gebrauchte Plastikflasche von Polycolor-Haarfärbemittel und schnappte sich ein paar alte Läppchen, um mir ohne Zeitverzögerung zeigen zu können, wie MANN das mit dem Rad am besten macht.

Glücklicherweise kommt in diesem Moment mein Sohn die Treppe hoch. Ich bin so froh und sehr erleichtert. Besser konnte mein lieber Junge das gar nicht timen, wenigstens auf ihn ist Verlass, wenn schon nicht auf meinen Selbstschutz. Nun weiß der Altölentsorger zumindest, dass ich kein alleiniges, wehrloses, auf fremde bzw. männliche Hilfe angewiesenes Frauchen bin.

Ich hoffe sehr, dass er mich zukünftig in Ruhe lässt und bedanke mich bei dem polycolorierten Altölradler noch mindestens dreimal für seine Mühen. Ich bitte ihn, das Haarfärbefläschen neben mein

Fahrrad zu stellen, auch die alten Lappen darf er dazulegen.

Natürlich(?) fühle ich mich verpflichtet und erkläre dem Mann, dass ich gerade nicht vom Herd wegkomme und entschuldige mich mehrfach dafür, dass ich ihn nicht noch gebührend bewundern kann. Ich bedanke mich erneut, mindestens dreimal - und bin von mir selbst genervt, wegen meiner übertriebenen Höflichkeit und meiner Unfähigkeit, mich auf normale natürliche Weise abzugrenzen.

Mein Sohn schüttelt nur den Kopf über meine bescheuerte Hilflosigkeit bzw. hilflose Höflichkeit, und verzieht sich in sein Zimmer. Er kommt - ganz männlich - gar nicht auf die Idee, dass die Angelegenheit auch irgendwie ein wenig seine sein könnte und er zum Beispiel die Fahrradölung übernehmen könne bis die Pfannkuchen fertig sind.

Ich traue mich natürlich nicht, ihm das vorzuschlagen. Der Junge kommt müde aus der Schule und ich will ihn nicht nerven. Aber ich finde, er hätte das durchaus tun können – ich meine: darüber nachdenken können. Und zwar nicht (nur), weil er ein Mann ist, sondern weil ich Tag für Tag morgens um sechs bergeweise Brote für ihn schmiere, mit Salat und Gürkchen und viel Liebe, und weil ich täglich für ihn am Herd stehe und frische Bioware zubereite, seine Wäsche wasche, mit dem Rad die gesamten Einkäufe heimbringe, unsere Miete verdiene und, und ... und auch deswegen keine Zeit habe, mein Rad zu pflegen.

Nachmittags dann suche ich die Altölflasche neben dem Rad – und finde sie in meiner Satteltasche. Der Altölige hatte mir die haarfärbemittel- und altölverfärbte Flasche in meine saubere (ausgebeulte) Radtasche gesteckt, damit sie bloß niemand klaut.

Jetzt kann ich in der Tasche meine Einkäufe nicht mehr verstauen, nachdem dort dieses unappetitliche Zeug drin war.

Entnervt mache ich mich daran, mein Fahrrad mit Altöl zu besprenkeln und habe starke Zweifel, ob ich meinem treuen/teuren Drahtdiener damit wirklich etwas Gutes tue oder ob ich doch besser auf mein Gefühl höre und das Altöl zur Schadstoffsammlung bringe - samt den Altlappen, bei denen es sich um zerschnittene geblümte Bettbezüge handelt. Aber ich bin einfach zu hörig. Wenn mir jemand etwas in überzeugtem Ton rüberbringt, dann denke ich automatisch, **er ist richtig ⏺ und ich bin fa**lsch. Also mache ich mich trotz meiner Zweifel unwillig ans Werk.

Mein Fahrrad allerdings hat im Gegensatz zu mir offensichtlich einen gesunden und gut ausgeprägten Selbstschutz. Mein Rad nämlich nimmt mir das alte Öl sehr übel, denn schon nach dem zweiten Spritzer wehrt es sich massiv.

Wütend und mit Nachdruck springt die Kette ab. Und mein Drahtesel wehrt sich vehement weiter, ist beleidigt und lässt mich die Kette nicht wieder fachfraulich befestigen.

Bei meinem Kampf mit Ritzel und Kette, fällt das ganze Rad um und macht einen riesigen Radau. Es begräbt mich unter sich und verabreicht mir Schrammen und Kratzer – und hässliche Altölverschmierungen. Das ist das klägliche Ende meiner Radpflege.

Ich werde mich hüten, irgendjeMANNden um Rat zu fragen oder um Hilfe zu bitten. Lieber laufe ich ans andere Ende der Stadt zur Altöl-Altlappen-und-Satteltaschen-Schadstoffsammelstelle.

Ganz offensichtlich aber habe ich doch nicht alles falsch gemacht in meinem Leben. Mein Sohn sieht abends im Vorbeigehen, dass meine Kette noch immer schmerzlich verzerrt seitlich aus dem Fahrrad hängt und justiert sie mit einem klitzekleinen Handgriff an die richtige Stelle. Das Geheimnis dabei ist, dass MANN sich lediglich die Finger so richtig männlich schmutzig macht und die Kette richtig anpackt.

Danke mein lieber, großer, prima Sohn! Gerne wasche ich das ölverschmierte Handtuch, das nun neben unserem Waschbecken hängt. Auch das Waschbecken reinige ich mit großer Freude, ebenso entferne ich die anderen Ölspuren, die ziemlich weit verteilt sind. Und zum Seifekaufen kann ich ja nun wieder mit dem Rad fahren.

Tattoomann im Necklischee

Mein Nachbar, ungefähr in meinem Alter, ist ein sehr angenehmer Zeitgenosse, er geht täglich mehrmals mit seinem wirklich coolen Hund spazieren und redet nicht viel. Die beiden bringt nichts aus der Ruhe. Immer wieder müssen sie stehen bleiben, weil ein Fenster aufgeht und ein Würstchen oder ein Stück Käse aus dem ersten, zweiten oder dritten Stock "fällt".

Wenn die beiden vom Bäcker kommen, trägt der Hund stolz die Brötchentüte im Maul während sein Herrchen Glatze trägt und von Kopf bis Fuß tätowiert ist (natürlich nicht nur, wenn sie vom Bäcker kommen).

Ich mag die beiden, aber ich will ganz sicher nichts vom Tattoomann. Ab und zu mal ein Schwätzchen halten, ist nett und das war's.

Ich hatte in meiner Küche einen neuen Boden verlegt und den Tattoomann vorher gefragt, ob er im Notfall mal helfen kann, mit meinem Sohn einen Schrank raus und nach dem Bodenverlegen wieder rein zu tragen.

Er ist ein netter Nachbar: „Klar, kein Problem, sach halt Bescheid."

Nun haben wir aber seine Hilfe nicht gebraucht, weil mein lieber, lieber Sohn die Schlepperei mit seinem Freund erledigte.

Also warf ich dem Tattomann ein Zettelchen in den Briefkasten mit folgendem Spruch:

"Danke nochmal, dass Du Deine Hilfe angeboten hast. Haben wir nun gar nicht gebraucht, wir sind schon fertig. Aber wenn Du magst, kannst Du ja gerne mal zum Bewundern kommen, der Boden sieht toll aus in meiner Küche. Aber bitte vorher anrufen, damit ich auch anständig angezogen bin."

AAAAAAAkreisch, was ist in mich gefahren. Ich warf diesen Zettel doch tatsächlich in seinen Briefkasten!!!

Ich meinte doch was ganz anderes, meinte doch, er solle vor einem Besuch anrufen, damit meine Küche auch sauber und aufgeräumt ist (was ich natürlich so nicht zugeben wollte).

Der arme Mann nämlich, bekam es mit der Angst, er dachte, ich wolle ihn anmachen und ihn im „Necklischee" begrüßen.

Cooler Typ bei Plus

Wow, da stehe ich beim üsseligen Plus-Markt, der gar kein Plus mehr ist, sondern irgendeine andere Supermarktkette und an der Kasse steht hinter mir ein Mann ungefähr in meinem Alter.

Ich habe meine Sonnenbrille auf der Nase und einen Hut auf dem Kopf, kann also nicht allzu viel sehen ohne den Kerl auffällig anzuglotzen. Also beschränke ich mich auf das, was ich erkennen kann.

Ich sehe aus dem Augenwinkel unter meiner Hutkrempe hervor einen drahtigen Kerl, gesunde Bräune, und eine vielversprechende Armbehaarung, nicht zu viel, nicht zu wenig, keinen Bauch (!), was in unserem Alter schon selten ist, sehnige starke Arme und, was besonders wichtig ist, appetitliche Hände.

Nicht schlecht, denke ich, und riskiere beim Bezahlen einen weiteren Blick. Da erkenne ich ihn, es ist Hartmut.

Früher, zu Schulzeiten hingen wir oft bei ihm ab. Gesehen habe ich ihn seit der zehnten Klasse nicht mehr. Wow, denke ich, der Typ, der nie eine Freundin hatte, obwohl es ein netter Typ war. Er war schüchtern und lispelte. Hat sich aber gut gemacht und ich muss sagen: vor allem gut gehalten.

Draußen sehe ich ihn dann wieder, während ich meine Einkäufe in aller Ruhe in meinen Fahrradtaschen verstaue. Habe extra langsam gemacht, musste noch überlegen, ob ich Lust habe, in anzuquatschen.

Er läuft an mir vorbei. Echt, kaum Schmerbauch, wirklich drahtig der Junge, er sieht wahrlich nicht schlecht aus, wenn man mal absieht von den zurückgegelten Haaren, und von der eben im Laden durch den Einkaufswagen verdeckten Aldi-Ballon-Jogginghose, und abgesehen von den uncoolen Turnschuhen, ebenfalls Aldi, und auch abgesehen vom lahmen schlurfenden Altmännergang, tja, und abgesehen davon, dass es eben Hartmut ist.

April, April, ...

... der macht, was er will ...

So dachte ich gestern am 31. März: „Da ich nun mal ein Aprilscherz bin und am 1. April Geburtstag habe, kann ich mir auch ein kleines Scherzlein erlauben."

Ich hatte mir einen Geburtstagskuchen gebacken und weil er sehr lecker aussah, tauchte immer wieder dieser verführerische Gedanke auf:

„Ich bin ein Aprilscherz. Was macht da schon ein kleiner Fingerabdruck in der aufgespritzten Frischkäsebuttercreme-Verzierung?"

Mehr oder weniger kunstvoll verziert stand dort: 50+.

„In einem Aprilscherzkuchen kann ja schon mal ein Fingerabdruck vorkommen", dachte ich beruhigend auf mich ein und leckte mir genüsslich den Zeigefinger ab.

Kaum war der Kuchenteig richtig ausgekühlt: „Ich muss doch wenigstens mal vom Kuchen probieren", dachte die Verführung in mir frech weiter, „nur ein kleines Eckchen, damit ich weiß, worauf ich mich morgen freuen kann."

Und bei einem Aprilscherz Geburtstagskuchen darf doch ruhig ein klitzekleines Eckchen fehlen, oder?

Sehr lecker, wirklich sehr gelungen ...

Heute am 1. April ist nur noch ein kleines Eckchen übrig.

Das mit dem Pluszeichen.

Ich werde es ganz besonders genießen.

Einmal Petra Gerster und zurück

Warum ich ein Foto von Petra Gerster in meiner Brieftasche mit mir herumtrage? Nein ich bin keine Stalkerin. Ich finde nur, sie hat einen superguten Friseur (und natürlich gute Maskenbildner vor jedem Auftritt). Und sie ist eine sehr stilvolle Frau.

Ich wäre ja schon mit dem Friseur zufrieden. Und das Foto werde ich vorzeigen, auch wenn es mir peinlich ist und sicher alle lachen. Ich werde es tapfer meiner Friseurin vor die Nase halten und hoffen, dass der Fön von nebenan laut genug ist, damit niemand mithört, dann werde ich flüstern: "Ich will auch so einen guten Haarschnitt, der aus mir eine tolle, stilvolle, gutaussehende Frau im besten Alter macht – aber bloß keine langweilige Dame."

Ganz ehrlich: Ich hoffe einfach (naiv wie ich auch im fortgeschrittenen Alter immer noch bin), dass meine Friseurin wenigstens annähernd so gut ist wie Frau Gersters Promi-Friseur.

Wie konnte ich mich nur dazu hinreißen lassen?

Wie konnte ich nur davon träumen, auch nur annähernd so gut auszusehen?

Aus der Traum, auch mal eine tolle Frau zu sein.

Ich bin immer noch ich - nur meine Haare sind kürzer - viel zu viel kürzer.

Und nach einer Nacht mit der Frisur von Petra Gerster sehe aus wie ein zwölfjähriger Junge - nur viel älter.

Und die Frisur sitzt

Radfahren ist zwar gut für die Umwelt und figurfreundlich. Aber es ist keinesfalls frisurfreundlich.
Besonders nicht bei meinem neuen Haarschnitt.

Mühsam habe ich meine (unfreiwillige) Punkfrisur (eine Seite lang, eine ohrfrei – raus wachsen lassen und bin zu neuen Aktionen bereit - und bereite mich auf das Schlimmste vor.

Früher, so in den 80er Jahren trug man ja vorne und oben kurz, dafür hinten lang à la Rod Stewart. "Deine Haare sind wie Zuckerwatte", hatte mir mal ein verliebter Punksänger geflüstert.

Das war natürlich vorher harte Arbeit, stundenlanges toupieren und Unmengen

Haarspray gingen dabei drauf. Zum Glück ist diese anstrengende Zeit vorbei.

Heute will ich es einfach nur bequem und möglichst wenig aufwändig – aber gerne trotzdem auch ein bisschen schön.

Da kommt mir die neue Mode doch gelegen, denke ich. Schnell stelle ich fest: wenn man am Hinterkopf durch viele gemeine Wirbel gekennzeichnet ist, dann ist die neue Haarmode eine echte Herausforderung. Nicht nur für den kreativen Friseur, der nur durch stundenlanges Fönen eine Form hinbekommt, die sich beim leisesten Windhauch sofort wieder auflöst, sondern auch für die Trägerin. Mich.

Die neue Mode "hinten kurz und vorne lang" ist leider auch nicht für mich gemacht. Ich wollte eine leichte, flotte Schräge in meinen neuen Bob.

Bekommen habe ich:

Hinten eine, durch viele Wirbel auseinander strebende, Kurzhaarfrisur und vorne hängen meine Haare links und rechts wie zwei alte Spüllappen müde vor den Ohren. Jedenfalls solange ich nicht Fahrrad gefahren bin, denn dann drehen sich die Lappen recht ungelenk nach außen und stehen merkwürdig von und vor den Ohren ab.

Nun hoffe ich auf die nächste Haarmode. Wie wäre es mit einer Komplettrasur? Bei dem momentanen Tätowierungswahn könnte ich mir dann eine Frisur auf das kahle Haupt tätowieren lassen und wäre sicher voll im Trend. Bequem wäre es außerdem: Nie mehr klebriger Haarfestiger, der nicht festigt sondern fettige Haare macht, nie mehr Haarspray, dass einem die Luft zum Atmen nimmt, nie mehr kämmen – und die Frisur sitzt.

Leider, leider habe ich dafür die falsche Kopfform, also bitte, liebe Haare, wachst, wachst schnell, und wachst schön!

Ich jammere mich per Mail bei meiner Freundin aus, die mich noch gar nicht gesehen haben kann mit dieser Frisur. Sie mailt mir aus ihrem sonnigen Urlaub ins triste heimatliche Herbstgrau:

"Sieht super aus, lass Dich nicht beirren! Hier ist bestes Badewetter, gleich wird gegrillt, getrunken, gefeiert ... Wir müssen die Sonne ausnutzen, ab Mittwoch soll es regnen."

Da kann ich nur raten: "Nutzt die Regenzeit nicht für einen Friseurbesuch."

Ich versuche, nicht neidisch zu sein auf Sonne und Meer und bin augenblicklich nur dankbar, dass hier jetzt schon Mützen- und Hutzeit ist.

Hutmut kommt vor dem Fall

Ich liebe Hüte. Sie sind ein Segen für meine lichtempfindlichen Augen. Besonders auch beim Radfahren. Und außerdem kann ich so wunderbar meinen gerade nicht vorhandenen Haarschnitt, oder leider vorhandenen Haarschnitt, darunter verstecken.

Hüte sind herrlich praktisch.

Heute entschied ich mich zur Einkaufsradtour ins Nachbarstädtchen für einen blauen Hut, der von der Form her ein wenig an einen Tropenhelm erinnert, wenn ich ehrlich bin. Mit einem blauen Tuch, auf dem kleine, fröhliche weiße Punkte oberhalb der Krempe tanzen. Dazu trage ich einen Rock im (leider nur fast) selben Blau und ein Oberteil in hellen, fröhlichen Blau- und Türkistönen.

Ich würde damit ganz gut nach England passen auf die Zuschauertribüne eines

Polospiels, finde ich. Aber was soll ich machen? Ich befinde mich in Deutschland und muss mit dem Rad zum Einkaufen fahren.

Die herbstliche Sonne knallt unerwartet heiß und ich bin froh und dankbar für meinen neu erworbenen Augenschutz in edlem Blau, den ich nun spazieren radle.

In meiner Gegend sind Hüte ziemlich ungewöhnlich, ich werde von allen Entgegenkommenden angeglotzt und denke mir:

"Ja, ja, schaut ihr nur, ich bin ein Trendsetter. Nächstes Jahr lauft und fahrt ihr alle so herum. So wie damals, als ich versehentlich zwei Gürtel übereinander trug; wenige Wochen später sah ich eine Dokumentation über New York, dort waren alle schicken New Yorker, die etwas auf sich hielten, mit zwei Gürteln um die Hüften unterwegs.

Oder damals, als ein Riemen an meiner Sandale riss und ich zum Minirock Springertiefel trug; kurz darauf war die gesamte weibliche Welt mit Rock und derben Stiefeln zu bewundern.

Oder damals, als ich nach dem Duschen auf dem Campingplatz vergaß, meine Duschschuhe auszuziehen (ich steige nie barfuß in öffentliche Nasszellen und trage dazu Garten-Gummischuhe zum Reinschlüpfen); kurz darauf liefen alle mit Crocks durch die Straßen unseres Landes. Oder damals ... So radele ich in wichtige Modegefragen vertieft weiter.

Ein Radler kommt mir mit mächtigem Tempo entgegen. Der Typ in bestem Alter hatte einen alten Lappen als Sonnenschutz um den Kopf gebunden. Ein echt cooler Typ. Einer von denen, die sogar mit Taschentuch auf dem Kopf gut aussehen. Aber alles wirkt ja um unermesslich viele Klassen besser als Fahrradhelme. (Ich weiß, es ist vernünftig und muss eigentlich sein, aber ...). Diesen Trend habe ich nicht gemacht, diesen Helmtrend mache ich nicht mit.

Der Radler rast an mir vorbei und ruft etwas hinter mir her, was mich laut lachen lässt.

Während er schon über alle Berge ist, komme ich vor lauter Lachen vom Weg ab, rutsche mit dem Vorderrad in den Graben und mache einen Salto über den Lenker ins Gebüsch.

Und während ich mein verbeultes Fahrrad den Berg hoch schiebe, nachdem ich meine Schrammen und Beulen gezählt habe, komme ich ganz schnell ins Grübeln und Zweifeln:

Ist mein Hut doch nicht so schick? Sieht er vielleicht doch nicht nach Polospiel aus? Sieht man ihm doch zu deutlich an, dass er nicht vom Hutmacher, sondern von X&Y ist, unter vermutlich ziemlich miesen Umständen hergestellt wurde, deshalb mit schlechten Gewissen von mir getragen wird und nur fünf Euro kostete?

Gut, dass er noch im Gebüsch liegt, da soll er liegen bleiben. Oder sollte ich ihn doch aufsammeln und ihn per Altkleidercontainer nach Afrika schicken? Dort würde er besser hinpassen als ins Rapsfeld.

Der Mann hatte bestimmt recht mit seinem hessischen Ausruf:

"Ei, was iss'n des für'n schicker Tropenhelm?!

Auch kein Kompliment

Ich war gestern schon wieder - ich weiß auch nicht, woher ich immer wieder den Mut nehme, aber meistens sind das sowieso nur Verzweiflungsbesuche - beim Friseur.

Bei einem, der mehr als einen sehr stolzen Preis für sein 'Werk' verlangte und normalerweise nur Promis bedient. Und ich sehe wieder mal, wie so oft in meinem Leben, grausam zugerichtet aus ⍰ oder noch treffender: hingerichtet. Und zwar gnadenlos.

Im Fernsehen gelingt das immer in diesen bestimmt verlogenen Vorher-Nachher-Sendungen, dass die Leute besser, oder zumindest anders aussehen. Ich hätte es doch längst wissen müssen: die Haarkünstler können aus allen anderen hässlichen Entchen Köpfe mit Starschnitten zaubern, nur bei mir klappt das nie. Weder billig noch teuer. Weder vorher noch nachher.

Zufälligerweise war mein Sohn ebenfalls gestern zum Haareschneiden, allerdings beim Billigfriseur für zehn Euro – wir haben nun exakt den gleichen Haarschnitt.

Vor langer Zeit saß ich mal bei einem sehr teuren, angesagten Starfriseur. Damals war ich noch ein sehr junges verhuschtes Wesen im „Vorher-Style", dass voller Hoffnung war auf das „Nachher". Und als der Star-Frisurenmacher fertig war mit mir, hauchte ich nur verzweifelt: „Bitte helfen Sie mir. So kann ich nicht raus."

Er war beleidigt, zog ab und schickte mir seinen Lehrling aus dem ersten Lehrjahr. Der nahm eine rote Pampe, klatschte mir die auf den Kopf (und auf die Ohren) und wusch und kratzte sie irgendwann wieder runter (zum Glück nicht die Ohren).

Danach war ich wenigstens nicht mehr albinoweiß auf dem Kopf mit einer rosa Gesichtsfarbe wie ein Schweinchen, sondern hatte nur noch hell- und dunkelrot geflecktes Stroh, das vom Kopf ab stand, mit den passenden roten Ohren dazu. Aber mein Gesicht leuchtete wenigstens nicht mehr rosa, sondern war nur noch blass.

So konnte ich mich unerkannt nach Hause schleichen, dunkel war es in der Zwischenzeit glücklicherweise auch schon geworden. Meine Ohren leuchteten mir den Weg nach Hause.

Wie ich die nächsten Tage, Wochen und Monate überstanden habe, weiß ich nicht mehr. Vermutlich entstand da meine Vorliebe für Kappen und Hüte. Besonders für die, die ich über beide Ohren ziehen kann.

Aber zurück ins Jetzt, heute bin ich (eigentlich) nur noch ein verhuschtes Wesen, wenn ich beim Friseur sitze. Das „jung" hat sich mit der Zeit erledigt.

Erfahren wie ich jetzt bin, lasse ich keine Farbe mehr an mich ran, weder ans Haar noch ins Gesicht. Dieses Mal sind meine Haare also nur verschnitten und an diesen Zustand habe ich mich in all den Jahren längst gewöhnt. Entweder habe ich keine Frisur, weil der Schnitt raus gewachsen ist oder ich habe (k)eine Frisur, weil sie verschnitten ist.

Letzte Nacht alpträumte ich von dem persönlichen Referenten unseres Oberchefs. Ich habe mit ihm die ganze Nacht lang einen Beleg gesucht und dabei sämtliche Mülleimer aller Büros durchwühlt, bis wir fündig wurden.

Anschließend fuhr er mich zum Friseur.

Aus der Traum. Ich wachte schweißnass und völlig panisch auf. Bestimmt nicht wegen des Kollegen, er ist nämlich ganz nett aber nicht mein Typ. Nein, ich geriet in Panik wegen meiner Friseurphobie und fuhr deswegen entsetzt aus dem Schlafe hoch.

Heute Morgen traf ich den Referenten dann und erzählte ihm von meinem Traum. Auch von der Fahrt zum Friseur. Ich zeigte auf meine Haare und sagte:

„Dass wir den ganzen Müll durchsucht haben, ist ja okay, aber dass Sie mich zum Friseur gebracht haben, das hätten Sie wohl besser bleiben lassen."

Er schaute mich nur rat- und verständnislos an und lachte <u>nicht</u>.

Ich nehme an, das war kein Kompliment, weder für den Friseur noch für meine Frisur und ganz bestimmt auch nicht für meine nächtlichen Phantasien, für die ich ja nun wirklich nichts kann. Dafür kann ich ihm aber auch kein Kompliment machen, jedenfalls nicht für seinen (fehlenden) Humor.

Mein Chef war dafür sehr lieb heute Morgen. Als er ins Büro kam und mich sah, sagte er: "Sie waren beim Friseur und sehen 20 Jahre jünger aus."

"Klar Chef, ich trage ja jetzt die gleiche Frisur wie mein Sohn."

Haarpracht

Nun sind meine Haare ziemlich kurz. Mein Friseur verpasste mir diesen neuen flotten Schnitt, der "gerade sehr IN ist".

Auf meinen verzweifelten Ausruf nach ausführlichem Styling, dass ich das Zuhause so niemals selbst hinbekäme reagierte er gelassen: "Sie brauchen ein Glätteisen."

Ich sinke in mich zusammen. Das klingt irgendwie gefährlich, noch viel schlimmer als Lockenstab. Dieser fristet in meinem Badezimmer seit Jahren ein kaum benutztes Dasein. Ich hatte es einige Male mit ihm versucht und schnell aufgegeben. Hoffnungsloser Fall. Ich.

Ja und jetzt soll ich ein Glätteisen brauchen – und auch noch benutzen? Ich weiß gar nicht so recht wozu, denn meine Haare weisen keine einzige Locke auf - nicht mal mit Lockenstab.

Zwei Tage später erfahre ich den Glätteisengrund, direkt nach dem Waschen und Fönen. Frau erkennt ja immer erst Zuhause, ob die neue Frisur gut und *händelbar* ist. Und zwar dann, wenn sie sich die Haare wäscht und hilflos beim Trocknen desselben zuschaut – und alles anders ist als im Haarsalon.

Aber noch bin ich frohen Mutes. Ich habe schließlich Unterstützung: mein nagelneues Glätteisen, das den neuen merkwürdigen, bisher noch nie dagewesenen Wellen, die mein Haar mit der neuen Frisur schlägt, den Garaus machen soll. Denn tatsächlich, ich habe mit dem neuen Haarschnitt plötzlich keine langweiligen, schnurgeraden Haare mehr, sie wellen sich auf interessante Weise! An den merkwürdigsten Stellen. In ungewollte Richtungen.

Ich schalte meinen neuen Haarbändiger ein und warte auf das grüne Licht, begleitet von einem Hochgefühl: Ich brauche nun einen Bändiger für meine Haarpracht! Das muss ich meiner Mutter erzählen, die meinte nämlich immer, ich sei ein hoffnungsloser Fall mit meinen geraden Fusseln auf dem Kopf, die ganz schnell zu Spaghettisträhnen zusammenfallen.

Grünes Licht leuchtet auf. Wie funktioniert das Teil? Ach ja, da ist ein Hebel, die Zangen gehen auseinander, dort ist ein Drehknopf mit Zahlen darauf von 80 bis 200. Das klingt sehr warm. Lieber klein anfangen, so 140 müsste für den Anfang genügen. Ich fange meine erste Strähne ein, die mir total bescheuert an der falschen Stelle vom Kopf absteht, und ziehe nach Anleitung durch. Nun ja, sie steht schon etwas weniger ab, und jetzt in eine andere Richtung. Also nochmal. Nun steht sie nicht mehr als Welle ab, sondern kerzengerade. Ein Fortschritt. Erinnert mich an Geschenkbändchen, das man mit der Schere zwirbelt. Manchmal klappt

es und es entsteht ein schönes Ringellöckchen, aber wenn man es falsch anstellt, wird das Bändchen gerade und hängt unansehnlich in der Gegend herum.

Ich drehe meinen neuen Haarhelfer noch etwas wärmer, vielleicht hilft das, auf 180 Grad und versuche erneut, dieser Strähne den rechten Schwung in die richtige Richtung zu geben. Das ist gar nicht so einfach, wenn man spiegelverkehrt denken und handeln muss. Und da passiert es. Sie ahnen es sicher bereits, ich erwische einen Großteil meines linken Ohres. Autsch. Angesengt.

So das reicht. Dieses Ding ist eindeutig zu gefährlich für mich. Sollen meine Strähnen doch machen, was sie wollen. Ich bin nur froh und dankbar, dass ich den Friseur daran hindern konnte, meine Haare noch kürzer zu schneiden. So kann ich wenigstens mein Ohr dahinter verstecken. Und dass ich mir mindestens dreimal die Finger verbrannt habe, muss ich ja keinem erzählen.

BuHa – Arbeit macht ...

Ich bin, bis auf einige bescheidene Vorkenntnisse, Buchhaltungsneuling, habe bisher nur vorbereitende Arbeiten für den Steuerberater übernommen. Befinde mich also im BuHa-Neuland. Und immer, wenn ich etwas lerne, muss ich mir Eselsbrücken bauen, um mir das Neue merken zu können. Zum Beispiel habe ich mir gemerkt: Die Debitoren sind die Deppen, die bezahlen müssen.

Vor einigen Wochen ließ ich mich von meinem finanziellen Desaster überreden und übernahm einen Buchhaltungsjob, der wunderbar von Zuhause erledigt werden kann.

Mein Traumjob, nicht mehr ins Büro zu müssen, sondern bei freier Zeiteinteilung eigenverantwortlich Arbeiten. Es handelt sich vor allem um einfache Eingabetätigkeiten. Die Zeit drängt. Abgabefristen sind schon vor langer Zeit verstrichen, gemeine Geldstrafen drohen. Jetzt heißt es ranklotzen.

Seit Tagen und Wochen buche ich kleine, große und sehr große Zahlen in das mir gänzlich unbekannte Programm. Mein Arbeitgeber versichert mir aber immer wieder, ich würde das prima hinbekommen und hätte mich doch schon super eingearbeitet. "Du weißt inzwischen mehr über das Programm als ich", lügt der gelernte Bilanz-Buchhalter. Sicher will er mir nur Mut machen und mich bewegen, Tag und Nacht voller Elan für ihn zu malochen (was ihm mit so viel Lobhudelei auch wunderbar gelingt).

Inzwischen sind Wochen vergangen. Ich erkenne das nur daran, dass ich meine Freundin nicht erreichen konnte. Ich rief sie an und hörte vom Band: "Hallo Ihr armen Malocher. Wir sind bis zum 31.11. im Urlaub." Das letzte Mal, als ich sie traf (und das war doch gerade erst), erzählte sie, dass sie in fünf Wochen in den Urlaub fahren würde. Nur aus diesem Grund kenne ich das ungefähre wahre Datum (denn ich befinde mich seit Beginn meiner Tätigkeit einige Jahre zurück im April Buchhaltungsjahr 2007).

Ich tippe also seit Wochen so viele verschiedene Belegdaten aus Vorjahren, dass ich nicht mal mehr weiß, welcher Monat gerade ist. (Wohin meine Freundin gefahren ist, habe ich vor lauter Bucherei vergessen.)

Vielleicht ist das ein kleiner Nachteil der Heimarbeit. Besonders bei Termindruck. Ich komme nur selten vor die Tür. Es gibt keinen Arbeitsweg. Ich bin nicht den Naturgewalten ausgesetzt und bekomme die Jahreszeiten nicht so richtig mit ohne Anreise zum Arbeitsplatz.

Ja sind denn schon die Blätter bunt? Haben die Bäume denn überhaupt noch Blätter? Habe ich den Herbst verpasst? Wie lange noch bis Weihnachten? Hilfe, ich habe noch keine Geschenke! Oder sind wir schon im Januar?

Ansonsten aber ist mir die Heimarbeit sehr angenehm. Wenn der Rücken müde wird, kann ich mich einfach mal auf meine Yogamatte legen und ihn entspannen, das dauert drei Minuten (ein Schwatz mit den Kollegen würde in der Regel länger dauern, allein die Gespräche über das Wetter ... was keinesfalls entspannend wäre).

Wenn mein Geist schwach wird und anfängt über andere Dinge nachzudenken (was jede Menge Fehlbuchungen und mühsame Stornos zur Folge hat), dann kann ich mal ein paar Minuten meditieren und bin sofort wieder fit, Dauer drei Minuten (Kaffeeholen im Büro mit Kollegenschwatz – über das Wetter - dauert länger).

Das sind doch echte Vorteile, jedenfalls je nachdem mit welchen Kollegen man es zu tun hat. Auf jeden Fall ist alles besser, als mein letzter Job im Amt. Ich muss mich mit amtlichen Leuten nicht mehr beschäftigen und zum Glück keine ellenlangen unsinnigen Wettergespräche mehr führen. Jeden Tag bin ich dankbar dafür.

Hier in meinem schönen heimeligen, sauberen Heim kann ich sogar im Schlafanzug oder in gemütlicher Jogginghose arbeiten. Und ich muss mir nicht mehr das ständige Geflüster der Kollegen anhören.

Sie glauben ja gar nicht (außer, Sie sind in der Buchhaltung tätig) wie viele Buchhalter bei dieser Arbeit Selbstgespräche führen. Mit einem *selbstsprechenden* Buchhalter zusammenarbeiten zu müssen ist wirklich sehr nervenaufreibend und schier unerträglich. Während meiner Amtszeit taten mir diese Kollegen immer wieder leid. Vermutlich verrückt oder einsam, weil sie immer mit sich selbst sprachen und Zahlen vor sich hin brabbelten, wahrscheinlich in Ermangelung von anderen spannenderen Themen (mal vom Wetter abgesehen).

Wirklich, schon aus diesem Grund ist die Allein-Arbeit viel angenehmer. Vor allem kann ich, ohne dass es jemand mitbekommt über Zahlen referieren und vor mich hin flüstern: "3.786,47 – 11,54 – 123,45, - Quatsch 123,65 – 7,16 im Soll, Kreditor 6718 an Sachkonto 5402, oder ist es das Konto 5401? Ach Mist, wo ist der Kontenplan? Warum stimmt die Bank schon wieder nicht, ach da die 11,54 sind im Soll gebucht, gehören auf der Bank aber ins Haben, damit sie beim Kreditor im Soll stehen. Oder ist es umgekehrt, habe ich es als Einnahme gebucht und auf welchem Konto erscheint es dann im Soll? Wie stellt sich das in der Bilanz dar? ----- Soll oder Haben, das ist hier die Frage …"

Endlich, der letzte Ordner aus dem Vorjahr ist fast verbucht, die letzten paar Buchungen stehen an. Ich werde leichtsinnig und tippe immer schneller. So ähnlich muss es sich bei einem Marathon anfühlen, der Zieleinlauf ist in Sichtweite, Du gibst Dein Letztes und kannst nichts dagegen tun: der Endspurt kommt von ganz alleine. Ich spurte und tippe - und schon ist es passiert. Ich rutsche in ein falsches Eingabefeld und drücke, ohne vorherigen prüfenden Blick, auf "Speichern".

Die entstandene Differenz ist beachtlich. Immerhin, die Summe ist als Geldeingang verbucht. Da macht sich der riesige Betrag in der Bilanz so richtig gut. Ich beginne mit der Fehlersuche und bald ist klar: Ich habe das Datum eingebucht.

Heutzutage ist ja sowieso fast alles nur noch Buchgeld. Ich wohnte mal einem Essen bei mit lauter Finanzexperten unseres Landes, die über die Staatsverschuldung lamentierten. Und zwar während der gesamten Vor- und Hauptspeise. Zum Nachtisch konnte ich das Gejammer nicht mehr ertragen und stellte folgende Frage in den Raum: "Ja und was hat das denn jetzt für Auswirkungen?"

Erstaunte Blicke erst in meine Richtung und dann fragende Blicke in die Runde, die langsam in ein gemeinschaftliches Grinsen übergingen. Der Oberfinanzexperte antwortete ganz trocken und ehrlich: "Keine."

So konnten wir wenigstens den Nachtisch genießen.

Wenn ich das alles damals bei diesem Essen schon gebucht hätte, dann hätte ich konstruktiv einbringen können:

"Ich finde, wir sollten die Datumsbuchung überall einführen. Auf diese Weise könnten wir sogar weltweit die Staatsverschuldungen loswerden."

Mein Arbeitgeber ist jedenfalls sehr zufrieden mit meiner Arbeit und bringt mir gleich morgen den nächsten dringlichen Job vorbei.

Noch ein Job?

Ich muss für meinen Chef nicht nur die Zeitungen, sondern auch die Fachpublikationen der Wirtschaft sichten. Dort fand ich einen Artikel über sechs junge Rechtsanwälte, die sich mit einer sehr noblen Kanzlei für Wirtschaftsrecht mit allerbester Adresse selbstständig gemacht haben. Wirklich allererste Sahne/Adresse.

In dem Artikel war zu lesen, dass die Jungs alles selbst machen, von der Büromaterialbeschaffung bis hin zum Kaffekochen und dass ihnen das nun zu viel würde. Daraufhin habe ich ein ziemlich freches Werbeschreiben aufgesetzt. Nach dem Motto: Haben Sie eine Kiste mit ungeliebten und vom Hosentaschentransport verknuddelten Belegen in der Ecke stehen? Daraus könnte ich Ihnen ein ordentliches Kassenbuch basteln.

Ich biete Büroservice von A wie Anschaffung und B wie Büromaterial bis Z wie

Zuckervorrat auffüllen. Ich plane mich selbstständig zu machen, könnte mir die Arbeit bei Ihnen abholen, Ihnen das ordentlich Erledigte zurückbringen und unterwegs noch Kaffeepulver besorgen. In Bioqualität und fair gehandelt.

Natürlich habe ich nicht damit gerechnet, dass eine Reaktion kommen würde. Und ebenso natürlich kam sofort eine Antwort, noch am gleichen Tag, als der Brief dort einging.

Gefallen hat wohl auch, dass eine kleine doofe Sekretärin ein so angesehenes Wirtschaftsblatt liest (wenn die wüssten, dass ich das vor allem aus lauter Langeweile im Amt von vorne bis hinten durchgelesen hatte).

Mein Schreiben hätte sie sehr neugierig gemacht, meinten die lustigen Jungs, sie würden gerade eine Sekretärin suchen, ob ich vorbeikommen könne.

Es klang verlockend, der Rechtsanwalt mit den fröhlich leuchtenden Augen

(George-Clooney-Typ, das zeigte deren Website) war sehr nett am Telefon. Er erklärte, sie bräuchten jemanden ganztags für Telefondienst und Betreuung der internationalen Mandanten, aber vielleicht könnten sie zusätzlich noch Verstärkung halbtags gebrauchen.

Gestern war ich dort – und ich brachte eine Tüte fair gehandeltes Bio-Kaffeepulver mit. Darüber freuten sie sich, das Eis war sofort gebrochen, und sie wollten mich einstellen, ohne auch nur ein Zeugnis gesehen zu haben.

Diese jungen, erfolgreichen, lebenslustigen, fröhlichen Kerle hätten mich alte Schrappnell sofort eingestellt. Sie meinten: „Wir würden uns freuen, wenn Sie die Ärmel hochkrempeln und nächste Woche anfangen, uns zu organisieren." Sie wussten genau, ich wäre eine hervorragende Mutter der Kanzlei, die notfalls auch Schnittchen schmieren, Hemden bügeln und Knöpfe annähen würde.

Nette Jungs, gute Stimmung, die Kanzlei vom Allerfeinsten. Gemütlich war es trotz des puristischen modernen Ambientes.

Vor einem Büro stand ein Fahrrad (teurer als mein Auto), in einem anderen Büro lagen Turnschuhe und die Jogginghose in der Ecke (sicher teurer als mein guter Wintermantel), im nächsten lag ein Tennisschläger zwischen den dicken Gesetzesbüchern, einer hatte die Golfausrüstung dabei. Wirklich sportliche Jungs.

Wir saßen zusammen im Konferenzraum, plauderten nett, lachten miteinander und dann wurde ich ernst und musste leider, leider, und nochmal leider, sagen: „Als ich eben Zuhause vor meinem Kleiderschrank stand, wurde mir schlagartig klar, dass ich keinesfalls in Festanstellung für Sie arbeiten kann. Meine Garderobe gibt das einfach nicht her. Ich möchte mir, so wie es in meinem Werbeschreiben steht, neben meinem jetzigen Halbtagsjob, ein zweites Standbein aufbauen und als Selbstständige arbeiten. Ich habe gerade ausreichend angemessene Klamotten, um mir die Arbeit bei Ihnen abzuholen und Erledigtes zurückzubringen, ohne dass ich den Lieferanteneingang benutzen müsste. Ehrlich, mir wurde erst kurz vor diesem Termin beim Blick in meinen Kleiderschrank deutlich, wie wichtig mir die Selbstständigkeit ist."

Der eine RA war nicht ganz so helle, er meinte, das Klamottenproblem sei doch leicht zu lösen. Ich verkniff mir, ihm zu antworten, dass ich im jetzigen Job knapp 1000,00 Euro verdiene und somit nur bei den X und Ypsilons dieser Welt auf Klamottenschnäppchenjagd gehen könne und dass diese Preisklasse niemals in diese Kanzlei passen würde.

Der konnte sich so was sowieso nicht vorstellen, er wuchs in der besten Gegend im nobelsten Vorort auf mit Villa und Chauffeur, ist adelig mit Doktortitel und „von" und "zu" im Namen.

Dafür antwortete „George Clooney der Rechtanwälte" (was für ein netter Mann!): „Ja, ich verstehe Sie, es geht nicht um die Klamotten, es geht um mehr. Schließlich haben wir uns auch gerade selbstständig gemacht. Die Beweggründe dafür müssen Sie uns nicht erklären, die kennen wir."

Tja, fünfzehn bis zwanzig Jahre jünger (ehrlich geschrieben: dreißig Jährchen wären besser) und ich hätte locker das Dreifache von dem verdienen können, was ich jetzt bekomme, George Clooney hätte sich in mich verliebt, ich mich in ihn und wir hätten ein tolles Leben mit viel Spaß (und Wohlhaben) führen können ...

Aus der Traum. Aber es hatte auch sein Gutes, ich war einigermaßen bei mir trotz der Aufregung, und erlag nicht der Verlockung, bei den Supererfolgreichen noch mitspielen zu wollen. Allerdings muss ich zugeben, mein Kreislauf machte mir erkältungsbedingt mitten im Vorstellungsgespräch auch sehr deutlich, dass ich nicht mehr so jung und fit bin, wie ich es gerne gewesen wäre für diesen Laden.

Mitten im Gespräch sackte mein Kreislauf weg, und ich konnte zwei, drei Momente lang nur noch denken: "Na toll, jetzt fällt die Mutti den Jungs auch noch ohnmächtig in ihren schicken Konferenzraum." Aber ich bekam gerade noch die Kurve, bevor ich vom Stuhl fallen konnte und keiner bemerkte meinen Schwächeanfall. (Darin bin ich geübt, ich lief 20 Jahre mit einem Burnout rum ohne, dass es auffiel. Jetzt bin ich schon im "fuck off-Stadium".)

Es wurde mir nur völlig klar, so will ich nicht mehr arbeiten. Das würde mich zu viel Kraft kosten. Ich will mich nicht mehr täglich stylen und in Superklamotten werfen müssen, mir sind andere Dinge wichtiger. Z. B.: nachts oder früh morgens um halb Vier im Schlafanzug vor dem Computer sitzen, um wichtige und unwichtige, (hoffentlich) witzige Kurzgeschichten zu schreiben und nachmittags noch immer ungeduscht im Schlafanzug noch immer zu Schreiben ohne Pause und ohne Punkt und Komma).

Allerdings ist auch ein wenig Wehmut dabei ...

Ach so ein netter Mensch, der hübsche, erfolgreiche Anwalt mit so vielversprechender Zukunft und der sehr interessanten Narbe am Kinn (vermutlich ist er – vor noch nicht allzu langer Zeit – mit dem Dreirad hingefallen) ...

Können Sie es hören? An dieser Stelle kommt mein herzergreifender Seufzer .

Probearbeit

Vor einiger Zeit arbeitete ich als Sekretärin für ein paar Tage in einer PR-Agentur zur Probe. Der Manager war ein sehr unappetitlicher Mensch im fusseligen dunkelblauen Wollpullunder voller Schuppen. Darunter trug er mindestens drei Tage das gleiche, nein schlimmer: dasselbe Hemd. Bestimmt ungewaschen, auf jeden Fall aber ungebügelt.

Die Agentur selbst, naja, ein kleiner Laden, eine One-man-show plus einer (eventuellen) Sekretärin.

Vom Grundsatz her hatte der PR-Experte ein gutes Konzept. Alles sollte einheitlich sein. Selbst die schnellsten und kürzesten Telefonnotizen sollten immer gleich aussehen (Datum, Uhrzeit, alles stets an der gleichen Stelle, in der gleichen Schreibweise). Wirklich richtig gut und vernünftig gedacht (das meine ich ernst).

Jeder noch so kleine Schnipsel kam in eine Klarsichthülle. Auch absolut vernünftig, denn so geht nichts verloren und nichts schiebt sich versehentlich in einen anderen Papierstapel.

Ich bin ein Fan von Klarsichthüllen, aber nur solange es die teuren, guten sind. Die billigen fühlen sich nicht gut an und sie rutschen, wenn mehre aufeinander liegen …

Leider klappte das gewünschte Einheitskonzept nicht perfekt von Anfang an. Ich war an meinem ersten Tag noch in der Einarbeitungsphase, kannte weder die Namen der Anrufer noch die Vorgänge und so dauerte alles ein wenig länger.

Während ich die erste Telefonnotiz noch zu Ende schrieb, ging schon wieder das Telefon und ich musste eine neue Notiz beginnen. Weil der zweite Anrufer sehr schnell sprach, schrieb ich zunächst seine wichtigen Aussagen auf, zum Datumschreiben blieb keine Zeit, das musste gleich nachgeholt werden.

So kam es, dass die erste Notiz einige Sekunden nackt und ungeschützt ohne Klarsichthülle auf meinem Schreibtisch lag.

Während ich mit der nächsten Notiz beschäftig war, stand der PR-Mann neben mir. Noch bevor ich den Hörer richtig aufgelegt hatte und das Datum nachtragen konnte, brüllte er los: "Sind denn alle zu blöd, eine Telefonnotiz zu schreiben? Wie bescheuert sind denn die Sekretärinnen heutzutage, habt Ihr nichts gelernt in Eurer Ausbildung? ..." Er rastete komplett aus.

Ich weiß nicht, wieso ich nicht einfach aufgestanden und wortlos gegangen bin, sondern noch zwei weitere Tage dieses Theater über mich ergehen ließ. Ich vermute, weil ich zu dieser Zeit Profi war und hervorragend funktionierte. Damals bekam ich gar nicht mit, wenn ich schlecht behandelt wurde. Ich war so voller Selbstzweifel, dass ich wirklich dachte, ich sei unfähig. Ich glaubte diesem Irren fraglos und wurde dabei immer kleiner.

Schon nach meinem ersten Arbeitstag war ich überzeugt, völlig unfähig zu sein. An meinem dritten Höllentag stieß ich auf Unterlagen von meinen Vorgängerinnen, die alle nach kürzester Zeit das Weite gesucht hatten - und offensichtlich nie das Geld für ihre Probearbeiten gesehen haben. Ein Berg von Rechnungen, Mahnungen und bösen Schreiben der Mädels.

Nach diesen drei Tagen war auch mir klar: das ist nicht mein Arbeitgeber. Er sah das ähnlich und meinte abfällig, er würde bei Gelegenheit den Dreitageslohn überweisen.

Wie nicht anders erwartet, kam das Geld natürlich nicht. Meine Rechnung und die Mahnungen landeten sicher auf dem Berg der anderen – und zwar ohne Klarsichthülle. Da setzte mein kleines Fünkchen Stolz ein: Mit mir nicht!

Meinem damaligen Mann, dem all meine Selbstzweifel völlig unverständlich sind, weil er Dank Testosteron beneidenswert frei davon ist, ging mit mir in dieses Büro.

Mein Mann ist groß und breit. Mutig durch diese Rückendeckung hielt ich dem ungewaschenen PR-Menschen meine letzte Mahnung hin. Die zerknüllte er mit hochnäsigem Blick, warf sie vor unseren Augen in den Papierkorb und meinte, wir sollten seine Räumlichkeiten sofort verlassen. Wir aber wollten erst gehen mit meinem Lohn in der Tasche.

So standen wir in seinem Büro und die Zeit verging. Je unsicherer der PR-Choleriker wurde bei der Warterei auf unser Verschwinden, umso mehr amüsierten wir uns. Der ungebügelte Schuppen-Mensch wurde immer nervöser und schrie in blinder Wut:

"Verlassen Sie sofort meine Räumlichkeiten, das ist Hausfriedensbruch, ich zeige Sie an ..."

Wir ließen ihn zetern und schreien, mit den Fäusten auf seinen Schreibtisch trommeln und erwogen kichernd, ob wir uns eventuell an die Tischbeine ketten sollten.

Ich gestehe, wir überlegten sogar laut (nur so zum Spaß), ob wir den Baseballschläger aus dem Auto holen sollten (dafür schäme ich mich noch heute – ein bisschen wenigstens).

Schließlich rief der hilflose PRler tatsächlich die Polizei, um uns entfernen zu lassen. Wir blieben stehen, zu allem bereit. Allerdings nun doch mit Herzklopfen, was mich betrifft. (Ich kann auf ein paar Polizeierlebnisse, unter Anderem bei Demonstrationen, zurückblicken und mir wird noch heute beim Anblick einer Uniform unwohl ... Aber das sind andere Geschichten ... vielleicht im nächsten Buch.)

Die beiden Beamten, die zu Hilfe eilten, waren sehr nett. Mit geübtem Blick erkannten sie sofort, dass wir die Schutzbedürftigen waren und dass es zwecklos war, mit dem tobenden Mann zu reden.

Sie ließen sich von uns die Sachlage schildern. Einer der Beamten wollte mein Mahnschreiben sehen. So musste sich der PR-Spezialist mit vor Wut hochrotem Kopf vor uns allen unter den Schreibtisch bücken und im Müll wühlen. Seine Schuppen rieselten dabei auf den dunkelblauen Teppichboden und bildeten ein interessantes Muster.

Den Polizisten gegenüber musste der Wütende zugeben, dass ich tatsächlich für ihn gearbeitet hatte und zwar drei volle Tage: "… obwohl sie zu unfähig und völlig doof dem Job nicht gewachsen war. Die war das Geld nicht wert …"

Davon ließ sich aber niemand beeindrucken, auch ich nicht mehr. In Anwesenheit der Staatsgewalt sagte der PRler uns wohl oder übel die sofortige Zahlungsanweisung zu, nachdem er zähneknirschend erklärte, er hätte *gerade* kein Bargeld.

Die netten Polizisten begleiteten uns freundlich nach draußen während der Wutmanager hinter uns her schrie und zeterte. Vor der Tür schüttelten wir zu Viert gemeinschaftlich die Köpfe und uns gegenseitig die Hände. Sogar weiteren polizeilichen Beistand sicherten uns die Staatsdiener zu: "Wenn es nochmal Ärger geben sollte, rufen Sie uns ruhig an."

Innerhalb von drei Tagen hatte ich mein Geld auf dem Konto. Die versprochene Anzeige wegen Hausfriedensbruch blieb aus. Auf ein Zeugnis habe ich großmütig verzichtet.

Schade nur, dass ich die Adressen meiner Vorgängerinnen nicht habe, ich hätte den Mädels gerne einen Tipp gegeben, wie man mit diesem Möchtegern-Arbeitgeber umgehen muss. Ich will nicht wissen, wie viele den Schreck ihres Lebens bekommen haben und weinend gegangen sind, am Boden zerstört. Mädels! Es lag nicht an Euch!

Ein wirklich Gutes hatte diese Angelegenheit für mich. Ich habe mich mit Uniformträgern ausgesöhnt!

I „häve" a dream

Hatte einen schrecklichen Albtraum, der mir das Gefühl meiner ständigen Überforderung der letzten Jahrzehnte nochmal sehr nahe brachte:

Ich träumte selbstständig zu sein, hatte einen Buchhaltungskunden, der mich verärgert anrief, weil ich den Auftrag übernommen und mich nie wieder gemeldet hatte. Es war Eon.

Herr Eon rief an, er würde jetzt seit drei Wochen warten, dass ich das Kassenbuch abliefere.
Ich aber wusste nicht mal, dass ich ihn als Kunden hatte, verging fast vor Scham und wollte es nicht eingestehen, sondern murmelte fahle Ausreden und stellte mir heimlich und zitternd immer wieder die Frage: Wer ist überhaupt Eon?

Herr Eon entzog mir also seinen Auftrag und wollte sofort seine Unterlagen zurück. Ich aber hatte nicht mal die leiseste

Ahnung, zu welcher Firma Herr Eon überhaupt gehörte und brachte auf gut Glück dem Friseurladen an der Ecke seine Unterlagen zurück. Da aber kannte man keinen Herrn Eon, und die hatten mir ihre Unterlagen auch noch gar nicht gegeben.

Ein Schamschauer nach dem anderen schüttelte meinen Körper und beutelte mein Gemüt.

Nicht mal den Buchhaltungsauftrag hatte ich vom Friseur. Der kannte mich überhaupt nicht.

Ich werde mir von ihm besser nicht die Haare schneiden lassen.

big ticket

Dem Konzern geht es gut, aber es soll noch besser werden. Noch mehr Gewinn, noch mehr Ruhm, mehr Einfluss, und natürlich mehr Wachstum, mehr, mehr, mehr!

Es herrscht große Aufregung im Unternehmen. Man bekommt einen neuen Oberchef, der es richten soll. Die Konzernleitung konnte einen erfolgreichen und charismatischen Supermanager für das Unternehmen gewinnen. Nun steht sein Antrittsbesuch bevor.

In großer Erwartung werden Schreibtische aufgeräumt, Papierkörbe geleert, Kaffeetassen gespült, Wände gestrichen, Fahrstühle repariert, sogar ein extra neu eingerichteter Chefparkplatz blendet den Betrachter mit seinen penibel gerade gezogenen reinweißen Linien.

Alle wuseln aufgeregt durch die Büros, räumen auf, putzen und wischen, was das

Zeug hält. Bunte Power Points (Präsentationen) werden vorbereitet, Zahlen, die man vorlegen will, werden zusammengesucht, gedreht und gewendet, bis sie besonders schön aussehen und in große bunte Diagramme passen.

Die Konzernzentrale möchte einen guten Eindruck machen, denn der neue Mann soll sich wohl fühlen und gleich wissen, dass sich sein Karrieresprung gelohnt hat.

Endlich fliegt er ein, kommt direkt aus New York. Die Aufregung steigt. Der erfolgreiche New Yorker landet in Kleinklotzendorf.

Mit wehendem weißen Schal spurtet der Supermanager die einzige Rolltreppe des Flughafens hinunter und wird von einem großen schwarzen Wagen empfangen. Es geht direkt zur Konzernzentrale.

Alle wichtigen Personen des Unternehmens stehen Spalier, im neuen Anzug mit neuem Hemd und passender Krawatte, sogar die Socken stimmen. Nirgends sind braune Schuhe zu grauen Anzügen zu sehen. Alles perfekt. Und alle Ober- Unter- und Möchtegernchefs warten gespannt auf den großen ersten Auftritt.

Sogar der Pförtner ist richtig informiert und lässt den großen schwarzen Wagen mit den getönten Scheiben ohne aufwändige Kontrolle passieren. Immerhin besteht der Mann an der Pforte auf die Passkontrolle, da ist er gnadenlos, aber weitere Komplikationen bleiben aus, er lässt den Mann anstandslos durch.

Die Großraumlimousine hält, wie in den letzten Tagen mehrfach einstudiert, exakt auf dem frisch gemalten Parkplatz direkt neben dem Haupteingang.

Der New Yorker wartet nicht, bis man ihm die Tür aufhält, er ist ein Macher, schwungvoll schiebt er sie auf und springt in geübter Geste dynamisch hinaus ins gleißende Licht.

Groß steht er da, sein weißer Schal weht wichtig im warmen Wind. Die Begrüßung beginnt. Belanglose Nettigkeiten werden ausgetauscht, begleitet von devoten Verbeugungen; Füße werden geküsst, Speichel geleckt. Nur der Chauffeur steht stolz und aufrecht da während er die Wagentür mit einem leisen, eleganten Klick ins Schloss fallen lässt.

Endlich ist es so weit. Der Managerauftritt findet im großen Konferenzsaal statt. Nur die wichtigsten sind zugelassen. Konzernleiter, Abteilungsleiter, und noch einige andere ganz besonders wichtige Führungspersönlichkeiten aus der Politik mit Rang und Namen.

Die Rede beginnt: "Bla, bla, bla, big ticket, bla, bla, bla, big ticket, bla, bla, big ticket …" Bewunderndes Kopfnicken immer wieder. Man ist hellauf begeistert. Da ist endlich jemand, der frischen Wind bringt. Ja, "big ticket", das ist es, was sie hier brauchen. Das klingt nach großer weiter Welt, nach Ruhm und Erfolg, nach New York. New York in Kleinklotzendorf.

Die Rede wird immer mitreißender: "Blah, blah, blah, big ticket, big, bigger, biggest ticket ... Der Schlüssel zum Erfolg, das ist das big ticket ... " Großer Applaus. Grandioser Abgang.

Der neue Mann hat genug getan für heute, er muss sich nun erst einmal umschauen in seinem neuen Domizil. Gibt es einen Golfplatz in Kleinklotzendorf? Eine Trabrennbahn? Polo? Pferdewetten? Börse? Einen eigenen Aktienindex namens KLAX? ...

Der Samen ist gesät. Jeder im Unternehmen spricht vom big ticket. Euphorie macht sich breit. Tage- und wochenlang ist es in aller Munde: big ticket! Wo immer der New Yorker auftaucht zieht er jeden in seinen Bann: "Bla, bla, bla, big ticket!" Alle wuseln um ihn herum, nicken wissend, verstehend, bewundernd, beflissen, viele vor allem: devot. Andere nicken bedächtig oder begeistert, manche auch neidisch oder einfach nur stoisch, weil sie es so gewöhnt sind und sowieso immer nicken. Auf jeden Fall sind sich alle einig, mit diesem Mann haben sie das big ticket.

Bis zum kleinsten Mitarbeiter hat es sich durchgesprochen. Auch der neue Praktikant, der vom Abteilungsleiter eine unlösbare Aufgabe gestellt bekam, weiß Bescheid. Der arme Junge hatte wirklich alles versucht, um seinen Vorgesetzten zufrieden zu stellen. Er bastelte fieberhaft an einer Lösung und als er nicht weiter wusste, fragte er die Experten der Technik.

Die Expertenantwort fiel unerwartet kurz und unfreundlich aus: "Das ist technisch schlicht und einfach nicht machbar. Sag das Deinem Abteilungsleiter, der müsste dass eigentlich wissen."

Der aber wurde ungehalten über diese unverschämte Information: "Unsere neue Unternehmensphilosophie sagt, dass nichts unmöglich ist! Unsere neue Strategie heißt "big ticket"! Denken Sie gefälligst daran, junger Mann!"

An der Pforte treffen sich die Kollegen: "Hast Du schon gehört?" "Ja, grandios: big ticket." "Wir können unsere Gewinne erhöhen, Marktanteile ausbauen, endlich Monopolstellung und alles andere erreichen, ..."

Weitere Kollegen gesellen sich dazu. Es herrscht große Eintracht. Großartige Visionen werden ausgetauscht. Das gab es vorher noch nie, da waren Streitigkeiten und Querelen um Posten und Pöstchen an der Tagesordnung.

Es entsteht erstaunte Stille. Andächtig lauscht man der neu gewonnenen Einigkeit. In diese andächtige Ruhe hinein platzt der Pförtner, der immer ein wenig zu laut spricht und der in den letzten Wochen unzählige Male "big ticket" hörte: "Ja, und wo ziehen wir nun dieses verdammte Ticket?"

Es folgt betretenes Schweigen. Schnell löst sich Gruppe auf. Jeder eilt geschäftig an seinen Arbeitsplatz. Bestimmt auf der Suche nach dem big ticket. Ob die Leute wissen, wonach sie suchen?

Ein Jahr später:

Dem Unternehmen geht es schlecht, es scheint unaufhaltsam bergab zu steuern, zu viel Geld wurde ausgegeben für großartige Ideen, für den Chefhelikopter samt Landeplatz, für den betriebseigenen Golfplatz und den neuen Autobahndirektanschluss.

Ein letzter Rettungsversuch des Supermanagers, bevor er das sinkende Schiff verlässt und zu neuen Ufern aufbricht.

Er trommelt alle treuen Mitarbeiter in der Aula zusammen und ruft eindringlich in die Menge: "What's your big ticket?"

Der Pförtner antwortet als erster, laut und deutlich, wie es seine Art ist: "Endlich neue Betriebsausweise."

Der Kantinenkoch meldet sich zu Wort: "Eine neue Speisekarte, endlich mit Biokost."

Dem Abteilungsleiter aus dem Bereich Finanzen sieht man seine Gedanken an: "Eine Nullrunde für die Angestellten. Dann könnte ich dafür eine Null mehr hinter die Zahl auf meinem Gehaltsscheck schreiben; jedenfalls solange wir überhaupt noch zahlen können."

Alle anderen schauen betreten auf ihre Schuhspitzen. Ob sie den New Yorker Slang nicht verstanden haben?

Das Mädchen und der Moderator

Lang ist es her, sehr lange. Damals war ich mal ein "scharfer Feger", wie mir mein schwuler Freund und damaliger Kollege erst neulich bestätigte – und ein sehr naives Mädchen.

Als junge Frau arbeitete ich in einem Fernsehstudio. Alle Kollegen dort waren meine Freunde. Mein Leben fand während der Arbeit statt. Und nach der Arbeit gingen wir zusammen essen und feierten nicht selten bis zum nächsten Arbeitsbeginn. Ich war ständig mit den Jungs aus dem Studio unterwegs. Oft übernachtete einer von ihnen in meinem Bett, meistens quatschten wir bis in die Morgenstunden und erzählten uns ganz unschuldig unschuldige Geschichten.

Die Sendungen, die wir produzierten, wurden von verschiedenen Leuten moderiert, die aus dem ganzen Land eingeflogen wurden. Während ihrer Moderationsphasen wohnten sie im allerbesten Hotel der Stadt.

Es war einmal ... Nein, ich fange so an: eines Tages wurde ich von einem unserer Moderatoren, zum Essen eingeladen. Es war der sehr gut aussehende, immer im Mittelpunkt stehende Sascha Hehn der Wirtschaftssendung, so jedenfalls nannten wir ihn.

Er hatte sich unseren Abend wirklich etwas kosten lassen, so teuer hatte ich noch nie zuvor gespeist. In den Restaurants, in denen ich bisher essen war, hätten von dem Betrag locker zwanzig Leute satt werden können. Ein schönes Restaurant mit nur drei Tischen und einem Dreißig-Sterne-Koch. Das Essen war köstlich und der Wein unglaublich lecker. Wir hatten viel Spaß an diesem Abend und zogen fröhlich ab.

Wir setzten uns ins Taxi und fuhren zum Hotel. Wie schon geschrieben, das Beste am Platze, eben das in dem die Ganzreichen und Berühmten wohnen, aber nur die, die es sich wirklich leisten können.

Vor dem noblen Entree wurde die Taxitür von einem befrackten Geist geöffnet, mein Gastgeber stieg aus. Ich blieb sitzen noch erfüllt vom schönen Abend und vom guten Essen. Dankte ihm für den netten Abend, winkte ihm fröhlich zu und nannte dem Taxifahrer meine Adresse. Der Fahrer fackelte nicht lange und gab Gas. Mit quietschenden Reifen spurteten wir los.

Ich habe Wochen gebraucht, um zu kapieren, warum dieser Moderator in den folgenden Tagen so abweisend zu mir war. Ich fiel aus allen Wolken, als ich kapierte. Ich war so unglaublich naiv, hatte es wirklich nicht gewusst. Später haben wir uns dann versöhnt, nun ist der ehemalige Moderatoren-Kollege mir nicht mehr böse, sondern wir können beide über uns lachen.

Er hat inzwischen viele Kinder, ist Familienmensch und moderiert munter vor sich hin – er ist besser denn je und das Alter steht im unglaublich gut.

Das ist allerdings ungerecht.

Unterlassene Hilfeleistung

Ein Freund, ein erfolgreicher Regisseur, steckt in finanziellen Schwierigkeiten und weiß nicht mehr weiter. Auf gut Deutsch: Er hat alles versoffen.

Er ist ein wenig weltfremd, ein Künstler eben; und er blickt schon lange nicht mehr durch sein Finanzchaos.

Verzweifelt wählt er die Nummer der kostenlosen Schuldnerberatung und wird sofort mit einem Fachmann verbunden.

Dieser fragt nach dem Nettoeinkommen meines Bekannten, der freiberuflich tätig ist, und erhält folgende Antwort: "

Tja, so genau weiß ich das nicht. Ungefähr …" Mein Bekannter nennt einen Betrag.

Auf der anderen Seite herrscht zunächst Funkstille. Einen kurzen Augenblick später signalisiert ein lautes Knacken, dass 'fest' aufgelegt wurde.

Der erfolgreiche Regisseur empört sich und lässt bei mir Luft ab.

Ich frage nach: "Welchen Betrag hast Du denn genannt?"

"Na so um die Sechszehntausend monatlich."

"Brutto oder netto?"

"Nette, schätze ich."

Ich muss lachen – und lege auf.

Männliche Selbstgefälligkeit und weibliche Selbstzweifel

Wenn die Männer in ihrer testosteronbedingten Selbstgefälligkeit nicht so rührend naiv wären, oder komisch, oder lächerlich (je nachdem wer es ist), dann würde ich dem Einen, der hier das Sagen hat, im Nebenzimmer sitzt und mein Chef ist, gerne mal wie bei einem Trampolin mit beiden Füßen in seinen drallen Bauch springen.

Und zwar genau jetzt, wo er sich da so selbstgefällig in seinen Chefsessel nach hinten sinken lässt und sich selbstzufrieden rekelt, den Bauch rausstreckt und tatsächlich glaubt, er wäre der tollste Hecht – dieser kleine Wicht.

Und ich würde dann vom Rückstoß wie eine Rakete durchs offene Fenster mit Karacho in den Himmel steigen.

Bin ich nur neidisch, weil ich als weibliches Wesen lebenslänglich von Selbstzweifeln geplagt werde und mich nie so dermaßen zweifelsfrei fühle?

Highway to hell

Ich bin wahrlich nicht der Mensch, der sich auf Volksfesten herumtreibt. In der Regel mache ich sogar einen großen Bogen drum herum und ergreife die Flucht, wenn ich Rummelplätze sehe. In der Regel esse ich auch kein Fleisch und wenn doch, dann nur mal ein bisschen Bio-Huhn oder Wild. Fleischgelüste habe ich höchst selten. Drei bis fünfmal im Jahr vielleicht, und dann reicht mir eine mikroskopisch kleine Menge völlig aus. Aber heute scheint so ein Tag "außer der Regel" zu sein:

Es ist Volksfest in der Stadt. Ein großes Fest, nicht nur mit Rummel sondern auch mit vielen Livekonzerten – und überall riecht es nach Bratwurst. Das sind heute gleich zwei Gründe, meine Abneigung gegen Rummelplätze zu überwinden und mich durch diesen grauenvollen Ort mit lauten Karussells und merkwürdigen Menschen hindurch zu kämpfen, um zur

Innenstadt mit den vielen Bühnen vorzudringen – und den Stand mit der ultimativen Bratwurst zu finden.

Heute brauche ich eine Bratwurst, obwohl ich genau weiß, dass ich nach drei Bissen die Wurst entferne und mich an dem Brötchen mit viel Senf labe, denn eigentlich reicht mir ein Brötchen mit Senf, die Wurst stört dabei mehr als sie mir schmeckt. Nur leider riecht auf Holzkohle gegrillte Bratwurst unwiderstehlich lecker und so eine muss ich heute haben, wenigstens ein Zipfelchen.

Endlich, der Rummelplatz liegt hinter mir. Hier im Städtchen ist es wirklich erstaunlich gemütlich, die Anwohner haben ihre Höfe geöffnet und Tische und Bänke aufgestellt, überall werden hausgemachte Speisen angeboten. Flammkuchen bietet die Volkshochschule, Döner der türkische Supermarkt, Stockfisch gibt es beim Kroaten, leckere Kuchen hat das Müttergenesungswerk gebacken, Caipi trinkt man beim Kirchenchor, der Rotary-Club serviert Riesling und Bordeaux, und Paella wird vor der Tapas-Bar gekocht. Leckere kleine Frühlingsrollen hält mir der Thai-imbiss entgegen und ein riesiger Topf Gemüse-Curry auf dem offenen Feuer spendet Wärme beim Inder. Überall riecht es einladend lecker, es gibt alles was das Herz begehrt - nur keine Bratwurst.

Ich hatte auf den örtlichen Metzger gehofft, dachte, hier würde ich auf eine gute hausgemachte Bratwurst stoßen, aber leider hat sich der Metzger dieses Jahr auf Erbsen- und Gulaschsuppe spezialisiert. Eine Bratwurst müsste ich wohl doch direkt auf dem Rummelplatz suchen, aber eine gänzlich unappetitliche Rummelplatz-Fabrikwurst will ich ganz bestimmt nicht und so esse ich mich durch das weltweite Angebot. Nur leider, ich kann probieren, was ich will, eine wirklich befriedigende Sättigung will sich einfach nicht einstellen, so ganz ohne Bratwurst.

Die Stimmung ist dennoch prima und die Rummel-Leute sind zum Glück da, wo sie hingehören: auf dem Rummelplatz und hier in den kleinen Straßen und Gassen geht es familiär und gemütlich zu.

Ich schlendere durchs alte Städtchen. Auf dem Marktplatz vor der Hardrock-Bühne treffe ich meinen Sohn, der mich umarmt (vor all seinen Freunden! Das muss am Bier liegen) und mir dann auch noch ein Bier spendiert. Das ist sehr schön und erwärmt mir das Herz. Er und seine Freunde sind wirklich nette Jungs, ich mag sie alle. Inzwischen spielt eine Punkband und obwohl ich die Musik sehr mag, bin ich dem Pogo nicht lange gewachsen, meine alten Knochen …. Beschwingt ziehe ich, um ein paar blaue Flecken reicher, weiter.

Auf meinem Heimweg muss ich mich wieder über den Rummelplatz kämpfen und komme an einem großen Festzelt vorbei. Solche Zelte sind auch Orte, die ich in der Regel nur in großem Bogen umgehe. Aber hier gibt es keine Ausweichmöglichkeit, nur den engen Weg direkt daran vorbei. und Bratwurst, die ich nicht will. Laut schlägt mir die Musik entgegen. Eine heimische Coverband spielt schlecht und laut. Aber das macht bei diesem Lied wirklich nichts, denn es ist ein guter Song, der sogar dilettantisch geschrammelt noch rüber kommt (oder gerade auch deswegen): "Highway to hell".

Ich werde langsamer, "die Mucke" habe ich schon eine Ewigkeit nicht mehr gehört. Bleibe neben dem Zelteingang stehen, heiße Luft schlägt mir entgegen, das ganze Zelt grölt mit: "Highway to hell". Und genau in diesem Moment tritt aus dem Highway des Zeltes der höchste Mann unseres Bundeslandes.

Ich treffe immer wieder ganz plötzlich und ohne Vorwarnung auf bekannte Persönlichkeiten. Und weil ich so schnell nicht kapiere, dass diese Leute mich gar nicht kennen, da ich nur eine unbescholtene Normal-Bürgerin bin und sie mir lediglich aus Funk und Fernsehen so bekannt vorkommen, sage ich freundlich: "Guten Abend Herr Ministerpräsident."

Da erst fällt mir ein: Ich *kenne* ihn doch tatsächlich. Allerdings möchte ich an unsere erste Begegnung nicht unbedingt erinnert werden. Vor ungefähr einem Jahr trat ich ihm bei einer Veranstaltung versehentlich (ehrlich, ganz ohne Absicht) auf die Füße. Das war am Stiftungstag. Ich arbeite ehrenamtlich für eine Stiftung und einmal im Jahr feiern sich alle Stifter und Ehrenamtlichen, weil sie so gute Menschen sind. Das läuft wie eine Messe ab und die Stiftungen haben die Möglichkeit sich vorzustellen, natürlich auch in der Hoffnung Spendengelder einsammeln zu können. Eine gute Sache also.

Dazu wird auch der Ministerpräsident eingeladen, der dann von Stand zu Stand wandelt, sich informieren lässt, alles toll findet, und uns mit seiner medienwirksamen Präsenz zu noch besseren Gutmenschen macht.

Ich informierte mich gerade an dem Stand einer Stiftung, die mich beeindruckte. Ein erfolgreicher Mann, der mit seinem Beruf viel Geld verdiente, wollte etwas davon zurückgeben und hatte wirklich Großartiges vor.

Ich war so vertieft in die Stiftungsidee, dass ich den Trubel, der auf mich zukam, zunächst nicht wahr nahm. Erst als ich bedrängt wurde von Personenschützern, Kameras und Reportern mit Blitzlichtern schaute ich auf. Und genau in dem Moment wurde ich von einem Pressmenschen ziemlich unsanft zur Seite geschubst und fiel dem Ministerpräsidenten entgegen. Ich knallte voll in ihn rein und trat ihm auch noch mächtig auf die Füße.

Er verzog keine Miene, gute Körperbeherrschung, würde ich sagen, denn der Zusammenprall war wirklich schmerzhaft. In meiner Vorstellung wurde schon ein eingegipster Ministerpräsident mit dem Krankenwagen abtransportiert. Ich verzog mich so schnell wie möglich und vorsichthalber schaute ich abends lieber keine Regionalnachrichten.

Zurück zum Highway to hell. Der hohe Herr grüßt bemüht freundlich vom Zeltausgang zurück. Bemüht sicher deshalb, weil ihm die Musik nicht sonderlich zuzusagen scheint. Ich schätze ein Mann, an dessen Handgelenk eine hellbeige Männerhandtasche baumelt, gehört eher in ein Bierzelt mit Volksmusik. Ob er sich verlaufen hat? Haben ihm seine Bodygards einen Streich gespielt und ihn ins falsche Zelt geführt? Wahlen stehen an. Er wird doch nicht hier im Zelt des Motorradclubs mit zweifelhaftem Ruf auf Stimmenfang sein?

Wir werden von der Menschenmasse weitergedrängt und laufen nebeneinander her, weil wir offensichtlich beide in die gleiche Richtung unterwegs sind (ich möchte an dieser Stelle betonen: politisch haben wir gänzlich unterschiedliche Richtungen!).

Das Durchkommen bei den vielen Menschen ist gar nicht so einfach, besonders mit meinem Fahrrad, das ich neben mir herschiebe, weil die Menschenmasse es unmöglich macht zu radeln (ich hasse Menschenansammlungen). Die ministeriellen Beschützer bremsen mich zusätzlich und drängen mich gemeinsam mit ihrem Schutzbefohlenen durch den Highway to hell.

Der Herr Ministerpräsident scheint sich über meine Begleitung nicht sonderlich zu wundern. Sicher denkt er: "Ich kenne diese Frau gar nicht, aber mich labern schließlich so viele Leute an, die kann ich gar nicht alle kennen. Bestimmt ist die aus dem Landtag, ich habe eine dunkle, unangenehme Ahnung von ihr. Sie hat ein Rad dabei, muss wohl eine von den Grünen sein."

Und dann wird klar, der Menschenauflauf hat gar nichts mit "uns" zu tun, sondern hier neben dem Zelt ist einfach der Durchgang so schmal und alle müssen da durch. Und mir fällt auf: Der Ministerpräsident läuft völlig unerkannt durch die Gegend!

Niemand beachtet diesen wichtigen Mann, keiner schaut ihn an, keiner dreht sich nach ihm um. Und das mitten im Wahlkampf! Niemand erkennt unseren Landeschef, der wieder gewählt werden will! Ob das Publikum hier schon mal was von Wahlrecht gehört hat? Ob die wissen, was ein Ministerpräsident ist? Ich könnte mir vorstellen, dass einige dieser Leute hier nur ihren Präsi(denten) vom Rockerclub kennen. (Den kenne ich übrigens auch, vom Cola-Rum-Abend, da haben wir uns die Hand geschüttelt. Warum weiß ich nicht mehr.)

Endlich wird der Weg wieder breiter und wir können gemütlich nebeneinander her schlendern, der Landesvater und ich.

Viele Leute kommen uns entgegen, aber noch immer scheint keiner den wichtigen Mann wahrzunehmen. Mir entschlüpft die wenig schmeichelhafte Bemerkung: „Erstaunlich, dass Sie so unbehelligt hier entlang spazieren können."

Der Mini(ster)präsi trägt es mit Fassung, er wird mir sogar richtig sympathisch. Er lacht mich freundlich an und meint: „Ja, so ist das auf dem Highway to hell."

Kunst oder Gummibärchen

Beim Einkaufsbummel in meiner Lieblings-Einkaufs-Stadt hat ein neuer Laden eröffnet. Klamotten und Kunst.

Klingt gut, finde ich. Im Schaufenster finde ich aber eher keine Kleider, die an Kunst erinnern. Nicht mein Stil, das meiste sieht irgendwie billig aus.

Doch an einer großen Wand, die wie ein Bilderrahmen gestaltet ist, hängen lustige Sachen: Gummibärchen-Tüten; nicht mit den bekannten Bärchen darin, sondern gefüllt mit kleinen Alltagsgegenständen. Ich sichte eine Tüte mit Weinkorken. Super, das wäre genau das richtige Wei(h)nachts-Geschenk für meine weinfreudige Freundin, die Frau des örtlichen Weinhändlers.

Also traue ich mich rein in das Lädchen, schaue mir pflichtbewusst die Klamotten an und bleibe vor der bunten Tütenwand stehen. So eine witzige Idee: In den Tüten stecken Schachfiguren für den Spieler, Kronkorken für den Biertrinker, Schlüssel für die Schlüsselverliererin und vieles mehr. Das ist doch mal eine witzige Idee. Die Schnullerform gibt es ja schon lange, aber das hier ist mal echt etwas Neues.

Die Verkäuferin ist hilfsbereit und auf meine Frage nach dem Preis für die Tüte mit den Weinkorken erhalte ich die Antwort: „180 Euro." Ich schlucke, habe ich mich verhört? Sie meint doch sicher Einsachtzig.

„Nein, hundertachtzig", meint die Verkäuferin trotzig. Ich finde, das ist aber ein stolzer Preis für ein paar Gummibärchen in Korkenform, sind die vergoldet?

„Oh nein", klärt mich die Dame auf: „Der Preis ist gerechtfertigt, das ist Kunst.

Es handelt sich um echte Korken aus echten Weinflaschen. Die Tüten auf zu knubbeln ohne sie zu beschädigen, das war bestimmt viel Arbeit."

Künstliche Wärme

Ich bin stolz. Unser Sohn hat etwas für eine bedeutende Museumsausstellung in der Großstadt gebaut; das heißt sein Ausbildungsbetrieb hat gebaut und er hat daran mitgearbeitet.

Sie machen öfter mal Auftragsarbeiten für Künstler. Zum Beispiel riesige Bilderrahmen aus Metall für eine Künstlerin, deren Kunstwerke samt Rahmen nun im Museum of modern art in New York hängen. Leider kennt unser Sohn weder den Namen der Künstlerin noch weiß er, um welche Art von Kunst es sich handelt. Wir können also nicht mal danach googeln und wenn wir *zufällig* mal in New York sein sollten, könnten wir seine Arbeit nicht mal bewundern.

Also müssen wir die Gelegenheit nutzen und wenigstens die Ausstellung in der deutschen Großstadt besuchen. Unser Sohn weiß zwar wieder nicht, wie der Künstler heißt, auch nicht, was diese

Kunst darstellen soll, aber er konnte uns wenigstens sagen, in welchem Museum die Kunst zu bewundern ist.

Das Wetter ist schön, die Wintersonne blendet und wir sind mit Sonnenbrillen unterwegs.

Was erwarten Sie, wenn Sie ein Museum betreten? Wahrscheinlich einen Vorraum, ein Entrée? Eine Kasse? Einen Pförtner? Eventuell sogar einen Museumsshop oder ein kleines Café? Wir jedenfalls erwarten etwas in der Art und öffnen ahnungslos die Tür.

Ohne Vorwarnung stehen wir in einem großen leeren Raum. Die Tür schließt sich hinter uns – und jetzt wir stehen in einem großen leeren stockdunklen Raum.

Ich bin einiges gewöhnt an Kunstgenuss und rufe erstaunt: "Huch, ist das die Kunst? Der leere, dunkle Raum?" Man kann ja nie wissen … Wir stehen in der Finsternis und vermuten: "Schade, die Ausstellung ist wohl schon vorbei."

"Ja, alles schon wieder abgebaut. Oder ist das Museum geschlossen und es wurde nur vergessen, die Tür abzuschließen?"

Ich taste rückwärts nach der Türklinke, ziehe die Eingangstür wieder ein Stück auf, um mich zu orientieren. Der einfallende Sonnenstrahl lässt mich weiter vorne an der Wand einen Schalter entdecken. Ich rufe meinem Mann zu: "Da rechts direkt vor Dir ist der Lichtschalter. Ich bin schon so oft an diesem außergewöhnlichen Haus vorbeigefahren und wollte mir das schon immer mal anschauen."

Ein kleines Notlämpchen flackert zaghaft auf und wir sehen unseren ersten Eindruck bestätigt: Hier ist tatsächlich nur ein riesiger leerer Raum.

Wir sind enttäuscht, weil wir offensichtlich die Kunst verpasst haben, an der unser Sohn mitgewirkt hat, und wollen gehen. Da kommt von unten eine kleine Treppe hoch eine erboste Stimme: "Haben Sie das Licht angeschaltet? Wenn Sie die Sonnenbrillen absetzen, können Sie auch etwas erkennen. Sie müssen da hinten an die Wand schauen."

Die Stimme nimmt Gestalt an, eine junge Frau stolpert die Treppe herauf, dreht empört das Licht wieder aus während wir noch hektisch in unseren Taschen nach den anderen Brillen tasten.

Es dauert einen Augenblick, bis sich unsere Augen an das Dunkel gewöhnt haben. Und tatsächlich, da hinten an der Wand taucht ein grauer Lichtstrahl auf, der die hintere Wand irgendwie diffus erleuchtet.

Langsam bekommt das "Bild" Formen. Ein dunkelgrauer Novemberhimmel von Wolkenfetzen durchzogen? Bestimmt ein Suchbild.

Ich starre weiter. Vielleicht ein überdimensionaler Haifisch? Ein Blauwal? Vielleicht soll hier Meeresstimmung erzeugt werden? So sieht vielleicht das menschliche Auge, wenn es in der Tiefsee auf einen Walfisch trifft? Oder sieht ein Wal seinen Lebensraum so verschwommen? Er hat ein feineres Gehör als eine Fledermaus, das weiß ich; hat so ein großer Meeresbewohner dafür dermaßen schlechte Augen? Sieht der arme Kerl so schlecht wie ich ohne Brille?

Die junge Frau zeigt uns deutlich, dass sie uns für Kunstbanausen hält und beginnt lustlos mit der Erklärung: "Oben im Stockwerk darüber steht ein Flugzeug und durch einen extra angefertigten Lichtschacht (den mein Sohn mit gebaut hat!) wird eine Abbildung des Flugzeuges an die Wand projiziert.

Also gut, mit viel Phantasie wird tatsächlich aus dem Fisch ein Flugzeug. (Ich bin nur froh, dass mir vorhin nicht gleich rausgerutscht ist: "Oh ja, ich erkenne einen Walfisch. Hat er einen blauen und einen roten Streifen auf der Flosse?")

Die Dame redet sich in Rage: "Projektion ganz ohne Projektor, nur durch das Tageslicht und Spiegelungen durch den Lichtschacht ... wenn man lange genug schaut, kann man sogar die farbigen Linien auf den Tragflächen erkennen ... es wirkt wie das heilige Licht ... sakraler Lichtschein durchdringt ..."

Zugegeben, die Stimmung ist irgendwie mystisch. Wir sind ergriffen (unser Sohn hat Kunst gemacht!) und uns wird warm und wärmer.

Schweiß bildet sich, und als der nächste Besucher die Tür aufreißt und irritiert ins unerwartete Dunkel tritt, nutzen wir die Gelegenheit, uns vom einfallenden Lichtstrahl hinaus in die Wintersonne führen zu lassen.

Mein Mann atmet auf und wischt sich den Schweiß von der Stirn: "Interessant."

Ich ziehe tief die kühle Luft ein: "Ja, sehr interessant. Meinst Du, die Hitze im dunklen Raum gehörte auch zur Kunst?"

"Hm, ich glaube nicht. Bevor ich den Lichtschalter gefunden hatte, habe ich noch an einem anderen Schalter gedreht. Ich fürchte, der war für die Heizung."

Leere Drucker sind gemein

Ich kann die Hersteller von Computerzubehör verstehen. Sie müssen Geld verdienen, und je mehr, umso besser fühlen sie sich. Aber muss ich mich deswegen schlecht fühlen und ausnehmen lassen?

Ich hatte einen schönen Drucker, er war ein Sonderangebot damals vor 14 Monaten. Er druckte sogar ziemlich schnell für einen unschuldigen Homedrucker; auch das Druckbild war in Ordnung, ich war zufrieden. Dann waren die Patronen leer und ich machte mich auf die Suche nach Nachschub.

Es war erst das zweite(!) Mal, dass ich neue Patronen brauchte, denn ich bin sparsam mit der Tinte und mit Papier, der Umwelt zuliebe. Aber wo ich auch hinkam: "Diese Patronen gibt es nicht mehr, sie wurden aus dem Programm genommen", teilte mir das Fachpersonal mit. Spätestens alle zwei Jahre würden sich die Patronenhalterungen in den Druckern verändern und es würden nur noch 'aktuelle' Patronen hergestellt. Ich müsse einen neuen Drucker kaufen und das wäre alle zwei Jahre auch ziemlich normal!?!

Ich kann nichts Normales daran finden, ein eigentlich funktionierendes Gerät auszutauschen. Offensichtlich bin ich sehr altmodisch und überlege, was das soll:

Das ist ja schlau gedacht von den HPs, Canons und sonstigen brothers der Welt, aber ist das fair? Ist es fair, dass ich den Müllberg um einen großen Drucker erhöhen muss, nur weil ich keine kleinen Patronen austauschen kann? Ich bin wirklich sauer über dieses gemeine und verantwortungslose Handeln. Hat sich die Neuigkeit in der so innovativen und modernen Computerbranche noch nicht rumgesprochen, dass das schnelle Geld ohne Umweltbewusstsein uns alle ausrottet, und zwar schneller als diese Branche Programme dagegen entwickeln kann?

Vielleicht bin ich aber auch aus der Not heraus ab heute ganz besonders fortschrittlich, denn ich schreibe jetzt wieder *mit der Hand*.

Schuhkauf verpatzt

Nach einem frustrierenden Bürotag laufe ich durch die Einkaufsstraße nach Hause. Ich muss mich trösten und schaue die Auslagen in den Schaufenstern an.

Wenn ich trostlos bin, suche ich leider allzu oft Trost in der bunten materiellen Welt. Ich werde fündig.

Ein paar wunderschöne italienische Halbschuhe schieben sich in mein Blickfeld; die möchte ich unbedingt anprobieren. Ich zögere, denn gerade fällt mir ein: ich bin zwar in büroschicker Klamotte unterwegs, graue "Buntfaltenhose" und Bluse mit Blazer, aber ich weiß genau, dass sich unter meinen Lackstiefeln grellbunte Ringel-Strümpfe verbergen, in den Farben Grellgelb, Orange und Grasgrün.

Unschlüssig schaue ich auf die Schuhe im Schaufenster. Die sind so schön, was, wenn die morgen ausverkauft sind? Der Preis ist wirklich okay. Ein echtes

Schnäppchen. Ich muss einfach rein und sie wenigstens mal aus der Nähe sehen.

Drinnen erwartet mich der große gutaussehende, immer flirtende, italienische Schuhverkäufer. Er strahlt mich an während ich auf die begehrten Schuhe zeige. Immer noch strahlend hält er sie mir entgegen. Verschämt flüstere ich ihm zu, bevor ich aus meinen Stiefeln steige: "Können Sie sich bitte umdrehen?"

Er versteht mich wahrscheinlich nicht richtig, denn er strahlt mich weiter an.

Während ich einen grell bestrumpften Fuß entblöße wird mir klar, mit dieser Bitte habe ich die Situation noch peinlicher gemacht. Er muss ja denken, ich hätte etwas zu verbergen. Womöglich Löcher in den Socken.

Was ist eigentlich peinlicher? Löcher oder dermaßen farbliche Ausrutscher?

Der hübsche große Italiener strahlt mich weiterhin an, nickt verstehend und schaut mir beim Stiefelausziehen zu.

Er möchte mir den Halbschuh persönlich an meine grazilen Füßchen stecken. Ergeben halte ich ihm meinen unseriösen Ringelfuß hin.

Die Halbschuhe sehen natürlich dämlich aus mit den bunten Socken, besonders zu dem restlichen Outfit. Ich schäme mich und schlüpfe so schnell wie möglich zurück in meine Stiefel, die den farblichen Fauxpas gnadenvoll verbergen.

Der Schuhverkäufer bemerkt meine Unsicherheit und will mir gentlemanlike helfen über die Sockenpeinlichkeit hinwegzukommen. Er flirtet mich noch mehr an und fragt: "Kann es sein, dass wir uns gestern Abend in der Sauna gesehen haben?"

Ich bin wohl verklemmter als ich dachte, ich werde rot, und das obwohl ich nicht mal in der Sauna war.

Und Schuhe möchte ich nun auch nicht kaufen.

Sommer in der Stadt

Stellen Sie sich vor, Sie sind ein ganz normaler Bürger, also kein Promi, kein Verbrecher, nicht reich und auch nicht adelig. Sie wissen wirklich genau, dass Sie nicht im Lotto gewonnen haben, weil Sie kein Lotto spielen und Sie haben leider auch nicht den Nobelpreis für Literatur gewonnen. Und dann stellen Sie sich weiter vor, wie Sie morgens um acht durch die Innenstadt ins Büro spazieren.

Es ist Sommer, ein wunderschöner heißer Sommer, die Laune prima. Sie kommen am ersten Kiosk vorbei, sehen den Zeitungsständer und überall, aus allen großen Tageszeitungen, von der FAZ über die Süddeutsche bis zur Frankfurter Rundschau, überall ist ein großes, fast eine halbe Seite einnehmendes Foto von Ihnen! Und zwar nur von Ihnen, nicht, dass Sie da inmitten einer Menschenmenge zu sehen sind, nein, Sie sind ganz alleine auf dem Foto.

Es zeigt Sie, wie Sie am Vortag in der Mittagssonne am Brunnen sitzen. Ich sage Ihnen, das ist ein sehr merkwürdiges Gefühl. Der Kreislauf sackt in den Keller (habe ich etwas verbrochen? Ist es verboten dort zu sitzen? Habe ich vielleicht ohne es zu merken zugeschaut, wie der Juwelier gegenüber ausgeräumt wurde und bin jetzt verdächtig?

Verwirrung. Ich bin sicher, ich bin es da auf dem Foto. Aber wie komme ich auf die erste Seite aller Tageszeitungen?

Erstaunen. Ist so was überhaupt erlaubt? Dürfen denn einzelne Personen ohne Zustimmung fotografiert und veröffentlicht werden?

Verärgerung. Die Haare liegen total bescheuert.

Sie sind so schockiert, dass Sie einfach weiterlaufen. Der Schock ist groß, auch weil es nicht unbedingt ein gelungenes Foto von Ihnen ist. Sie könnten viel besser aussehen. Es braucht eine Weile, bis alles im Hirn ankommt.

Da der nächste Kiosk, fein aufgereiht liegen dort alle Tageszeitungen mit Ihrem riesigen Foto, die Pumps auf der Brunnenmauer neben sich, die Füße im kühlen Nass.

Und dann endlich kommt die große Erleichterung, Sie haben keinem Verbrechen beigewohnt, Sie waren auch an keinem beteiligt, die Bildunterschrift lautet: Sommerfrische bei 38 Grad. So lässt sich die Hitze ertragen.

Sie schauen näher hin und werden jetzt richtig böse:

Die hätten das Bild doch wenigstens kaschieren oder überarbeiten müssen! Wenigstens einen schwarzen Balken reinhauen können. Das ist wirklich gemein:

Denn ich hatte in der Mittagspause bei der Hitze meinen BH ausgezogen. Konnte ich wissen, dass die weiße Bluse durchsichtig ist?

SM-Gespräche
SupermarktSelbstgespräche

Ein alter Mann steht mit seinem Krückstock ein wenig hilflos im Supermarkt und brabbelt vor sich hin. Er schaut mich an und entschuldigt sich für seine merkwürdigen Selbstgespräche: "Erschrecken Sie bitte nicht, junge(!!!) Frau. Ich muss mir alles, was ich einkaufen will, laut vorsagen, sonst vergesse ich die Hälfte. In meinem Alter, ich bin 85, werde ich langsam vergesslich. Vielleicht sollte ich doch anfangen, Zettel zu schreiben."

Ich bewundere den Herrn, denn ich bin fünfunddreißig Jahre jünger und schreibe schon seit vielen Jahren ellenlange Einkaufslisten - und vergesse trotzdem immer wieder ...

Oft kann ich nicht mehr lesen, was ich aufgeschrieben habe. Da entziffere ich dann so dringend benötigte Artikel wie: "Schnikkelfritz", ganz so wie meine beste

Freundin, Loreley Gilmore, aus der besten Fernsehserie aller Zeiten "Gilmoregirls".

Aber zurück zu meinem persönlichen Einkaufszettel. Da lese ich gerade sehr schwach geschrieben mit einem offensichtlich abgebrochenen Bleistift "Grumbelsträlz" und weiß nicht mehr, was es bedeuten soll.

Meinte ich damit vielleicht, dass ich Apple-crumble backen will und dafür alle Zutaten brauche? Also Butter, Zucker und Mehl für die Streusel? Steht das "strälz" für strahlende Äpfel? "Str" für Streusel? "lz" für eine Prise Salz? ---

Ich glaube, ich backe am Wochenende nun doch nicht selbst, sondern kaufe beim Konditor Schokotorte.

Oft weiß ich auch nichts mehr anzufangen mit meinen Abkürzungen, die ich in aller Eile auf diverse E-Zettel geschrieben habe (nein Ihr lieben jungen Leute, ich meine nicht "elektronische Zettel", sondern schlicht und einfach "Einkaufszettel"). Da steht dann zum Beispiel:

"Do-To". So steht es auf dem alten Kassenbon, den ich als Einkaufszettel benutze, ganz oben und zweimal unterstrichen als Überschrift für "To-Do-List". Handelt es dabei sich lediglich um einen versehentlichen Buchstabendreher? Oder muss ich ganz dringend lebensnotwendige *Dos*en*to*maten besorgen?

Bedeutet "gZsZ" Gemüsezwiebel und saure Zitrone? (Ich weiß, dass auch eine Fernsehserie so heißt, aber ich kenne keine einzige Folge davon, also kann es nicht sein, dass mich diese Notiz daran erinnern sollte.)

Große Zwiebel, süßer Zucker? Guten Ziegenkäse sowie Zweschgenmus? ...

"T-Mark". Habe ich mich verschrieben und meinte ich vielleicht DM? Also D-Mark, was so viel bedeutet wie: ich muss vor dem Einkaufen unbedingt zum Geldautomaten? (Ich weiß, wir haben inzwischen eine andere Währung, aber in meinem Alter dauert die Umstellung ein wenig länger; ich erwische mich noch heute dabei, dass ich den Euro in DM umrechne.)

Oder habe ich mich in der Eile nur verschrieben und meinte eigentlich den Drogeriemarkt, in den ich unbedingt wollte, um --- was weiß ich nicht mehr --- zu kaufen? Es könnte sich aber auch schlicht und einfach um Tomaten*m*ark handeln.

Peter (-silie), Jogi (Joghurt), Conny (Cornflakes), Milli, ... Ich bin eine notorische Abkürzerin, weil ich ein ungeduldiger Mensch bin (deswegen schreibe ich auch nur Kurzgeschichten).

Ich hatte es mal eine Weile mit Stenografie versucht, gab aber schnell wieder auf. Ich konnte mein Gekrakel nicht mehr lesen.

Manchmal habe ich auch einfach nur eine falsche Einkaufsliste dabei, denn ich sammle alle meine Ezettel in der Küche auf der Fensterbank.

Leider werden diese hin und wieder, wenn ich bei stürmischem Wetter lüfte, durch die Gegend gewirbelt, dann weiß ich nicht mehr, welches der kleinen Zettelchen aktuell ist.

So kann es passieren, dass ich das gleiche Zeug wie in der letzten Woche nach Hause trage und mein Sohn sich beschwert, dass es schon wieder Brokkoli und Kartoffelgratin gibt.

Es kam auch schon vor, dass ich einen Zettel aus der Manteltasche zog und danach einkaufte; es handelte sich, wie sich später herausstellte um eine Einkaufsliste aus einem Mantel, den ich zuletzt vor zwei Jahren im Winter bei minus achtzehn Grad trug.

Das weiß ich so genau, weil ich aus den Zutaten das Geburtstagsmenü für meinen Sohn zaubern konnte, als er volljährig wurde. Nun maulte er ein wenig, dass er zu seinem zwanzigsten Geburtstag schon wieder ...

Ich weiß im Moment jedenfalls genau, dass ich kein Waschmittel brauche, denn neben der Maschine stehen sieben Packungen. Drei kaufte ich, weil sie im Sonderangebot waren und zweimal zog ich versehentlich mit demselben Einkaufszettel los. Warum da noch zwei weitere Pakete stehen, kann ich mir auch nicht erklären. Vielleicht war es die Nachbarin.

Meistens aber vergesse ich meinen Einkaufszettel zu Hause auf der Fensterbank (oder bei Sturm: unter dem Küchenschrank, wohin es die Zettel gerne verweht). Dann laufe ich planlos durch den Supermarkt, führe Selbstgespräche und brabbel vor mich hin.

Neues Händy

Mein (Ex)Mann besorgte mir ein neues Handy, weil ich mit dem neuen Smartphone einfach nicht zurechtkam. Ständig war der Akku leer.

Was nutzt ein tolles Handy, mit dem ich lauter tolle Dinge machen könnte, wenn ich denn wollte – und könnte, wenn ich dann nicht mal telefonieren kann, weil es ständig leer ist? Ich will ein altmodisches mit Tasten.

Er bestellt mir eins. Ich überfliege die Beschreibung und bin überwältigt: Es hat, über 65000 Farben für das Display. Das ist toll. UND es hat richtige Tasten!

Hoffentlich malt es dann nicht nur den lieben langen Tag bis die Batterie leer ist, sondern lässt mich bei Bedarf auch mal telefonieren.

Dann aber bitte in tollen Farbe.

Deutsche Sauberkeit

Auf einem deutschen Amt in der Chefetage. Jeden Morgen das gleiche Bild trotz vorhandener Bürste: Ein komplett verschissenes Klo.

Das geht nicht mit normalen Dingen zu. Entweder entleert sich hier die anatolische Putzfrau, die sich aus verständlichen Gründen nicht auf die Toilette setzt sondern sich, wie es bei ihr Zuhause üblich ist, drauf stellt und mächtig Durchfall hat. Oder, die meiner Meinung nach viel wahrscheinlichere Möglichkeit: Hier möchte jemand öffentlich seiner Ansicht über den Öffentlichen Dienst *Ausdruck* verleihen und lässt seiner vermutlich einzigen *Ausdruck*smögichkeit freien Lauf, so dass es mächtig braune Suppe spritzt.

Es tut mir leid, wenn ich das so ausführlich schildere, aber das Toilettenthema ist ein alltägliches Thema, das uns schließlich alle angeht – oder haben Sie etwa noch nie wegen gruseliger 00s gelitten?

Auch ich setze mich nie auf öffentliche T-Sitze, aber so würde ich niemals ein Klo hinterlassen. Ich wüsste gar nicht, wie das zu schaffen ist.

Das hier muss eine heimliche, öffentliche Protestaktion sein, vermute ich, die, laut Aussage meiner Kolleginnen, schon mindestens 20 Jahre andauert.

Auf dem Damenklo scheinen Damen ihren Protest gegen das Regime auszuleben. Denn es gibt noch eine weitere, eine monatliche, Protestaktion. Jeden Monat liegen für einige Tage die kleinen Plastikverpackungen von Tampons im Kloverschlag auf dem Boden herum.

Warum *frau* diese nicht einfach in den Behälter wirft, wird mir ein ewiges Rätsel bleiben. Aber ich bin schon sehr froh, dass es nicht gebrauchte Damenbinden sind.

Für die gesamte weibliche Chefetage gibt es in diesem Amt nur drei Toiletten. Eigentlich vier, aber eine ist schon seit mehreren Jahren geschlossen, weil die Reparatur zu teuer käme, wird mir erklärt.

Und die ausführlich beschriebene Toilette kann ebenfalls nicht benutzt werden. Niemand kann sie benutzen, nicht mal hart gesottene Protestlerinnen. Wer macht das eigentlich seit 20 Jahren immer wieder protestlos sauber?

Wir Chefetagen-Damen müssen uns also mit zwei kläglichen Kloverschlägen begnügen. Das führt immer wieder zu Staus und zu mürrisch zusammengepressten Beinen, was wiederum zu Venenstauungen, Blasenerweiterung und zu chronischer schlechter Laune führt.

Jetzt weiß ich jedenfalls, warum hier alle so unfroh und mürrisch ihren täglichen Dienst verrichten. Dennoch wundere ich mich einmal mehr über die Amtlichen, die so Vieles hinnehmen ohne zu hinterfragen, ob es Sinn macht oder nicht. Gesetze, Bestimmungen, Anweisungen …

Alles, was von oben kommt, wird fraglos hingenommen.

Ich bin leider nicht so. Das macht das Leben nicht unbedingt einfacher, aber ich kann nun mal nicht anders. Ich bin noch ziemlich neu hier und habe das Fragen noch nicht verlernt. Ich beschließe, mich als erste Amtshandlung dieser ungeheuerlichen Toiliettenlage anzunehmen und befrage die Kolleginnen: "Was ist mit der Toilette los? Stört Sie dieser grauenvolle Zustand nicht?" und erhalte durchweg solche Antworten wie:

"Ja, das ist eine Sauerei. Aber das ist schon seit mindestens 20 Jahren so." Oder: "Ich kenne das gar nicht anders."

Ich verkneife mir die Frage, warum noch nie jemand etwas unternommen hat. Denn dafür wiederum bin ich schon lange genug da. Nach einem halben Jahr weiß ich bereits, dass meine Fragen nur mit verständnislosen Blicken beantwortet werden.

Ich frage also nicht länger, ich muss handeln und hänge einen wirklich freundlichen Zettel neben dem Waschbecken auf mit der amtlichen Bitte um Rücksicht und Sauberkeit. Ohne Erfolg.

Ich hänge einen neuen, jetzt unfreundlichen Zettel in der Toilette auf. Erfolglos.

Ein weiterer, wütender Zettel. Kein Erfolg.

Ich fahre härtere Geschütze auf. Endlich habe ich die Protestaktion der Unbekannten stoppen können. Die Toilette bleibt, wie durch ein Wunder, ab sofort sauber. Und zwar seit dem Tag, an dem ich diesen DIN-A3-Zettel anbrachte – und zwar auf Augenhöhe, wenn *frau* auf dem Klo hockt:

Rumpelstilzchen

Der Psychopath in mir ist ein echt starker Typ. Sehr männlich. Und übermächtig kraftvoll. Ich lerne ihn immer besser kennen und dabei hilft mir Rumpelstilzchen.

Rumpelstilzchen ist die Dame, die über uns wohnt und auf einem Laminatboden ohne Trittschalldämmung ihr Unwesen und mich damit in den Wahnsinn - treibt.

Ich will meistens meine Ruhe haben vor dem Leben und ganz besonders vor den Leuten. Meiner Obermieterin ist das aber völlig egal. Sie quält mich mit jedem ihrer Schritte.

Es scheint ihr sogar Spaß zu machen. Ihre Schritte werden von Tag zu Tag lauter und bohren sich in mein Hirn. Es sind energiegeladene Schritte, sehr energische. Nein, das trifft es nicht genau, es sind wütende Schritte, jeder einzelne Schritt tönt aggressiv durch die Decke – und macht mich rasend.

Ich kann es kaum glauben, wie aus meiner Obermieterin, einer kleinen zierlichen Frau, solche Schritte kommen können.

Sie läuft, nein: sie stampft wütend jeden Tag mit ihren hochhackigen Schuhen (vermutlich mit Holzabsätzen) durch ihre Wohnung. Und sie ist sehr rege in ihrer **Wohnung unterwegs** ⏤ natürlich immer genau dann, wenn ich gerade aus dem Büro komme und eine kleine Pause einlege, meditieren, Yoga praktizieren oder einfach nur ein Schläfchen halten will, dann geht es los.

Jeder einzelne Schritt klingt, als würde sie mit einem Hammer auf dem Boden entlang hämmern. Ich muss selbst ihre Schritte laut und deutlich hören, wenn ich mich am Ende meiner Wohnung in der hintersten Ecke verkrieche und sie am anderen Ende ihrer Wohnung durchs Badezimmer stampft.

Es handelt sich wirklich nicht um normale Hintergrundgeräusche in einem hellhörigen Haus. Gäste, die zu mir kommen und nichts wissen von Rumpelstilzchen, zucken zusammen, wenn die Dame sich durch ihre Wohnung bewegt, und ich werde erschrocken gefragt, was der Krach denn zu bedeuten hätte.

Ich sprach meine Obermieterin (zunächst) freundlich auf die Geräuschbelästigung an und bat sie, andere Hausschuhe zu tragen. Sie war (ebenfalls zunächst) nett und besorgte sich anderes Schuhwerk mit anderen Sohlen; leider aber auch wieder mit hohen Absätzen. High-Heel-Hausschusche vermutlich.

Ich höre weiterhin jeden Schritt, nur etwas gedämpfter als vorher. Aber ich will nicht kleinlich sein und versuche, das nun auszuhalten; es ist ja schon etwas weniger schlimm.

Die Dämpfung hält genau drei Tage, dann hat sie die neuen Schuhe wohl vergessen und trägt wieder ihre Holzabsätze, mit denen sie heute Hausputz zu machen scheint. Es rumpelt noch zusätzlich mächtig.

Schränke werden gerückt, vielleicht auch zu Kleinholz verarbeitet, Stühle umgeworfen, und Steine über den Boden gerollt. Ich klopfte gegen die Decke (nicht wegen des Möbelrückens oder Zertrümmerns derselben, das kann ja *mal* vorkommen, sondern wegen der unerträglichen Schritte). Hilft nichts, der Radau hält unvermindert an. Vermutlich geht mein zaghaftes Klopfen in dem Krach völlig unter.

Ich habe einfach keine Lust und Kraft mehr, schon wieder bei ihr zu klingeln, ich möchte möglichst wenig mit ihr zu tun haben. Alle bisherigen Gesprächsversuche blieben sowieso erfolglos. Außerdem bin ich zu wütend, um mit ihr zu sprechen und so schreibe ich einen Brief. Darin kann ich mir leider die Frage nicht verkneifen, ob sie nun in ihrem Wohnzimmer eine Kegelbahn eingerichtet hätte.

Ich bekomme natürlich böse Zeilen zurück, sie fühle sich von mir belästigt und ich solle sie in Ruhe lassen. Nichts lieber als das, ich würde sie doch so gerne in Ruhe lassen, aber ich will und brauche auch meine Ruhe.

Einige Tage sind die Schritte wieder gedämpfter, dann kommen erneut die Holzabsätze zum Einsatz. Ich klopfe wieder mal gegen die Decke (ja, ich schäme sehr mich dafür) und erhalte wütendes Zurück-Getrampel.

In meiner Not mache ich meiner Obermieterin sogar das Angebot, für neues heimeliges Schuhwerk finanziell aufzukommen. Ich würde dieser Frau neue Hausschuhe kaufen, richtig kuschelige warme Schlurf-Puschen.

Mein verzweifeltes Angebot wird abgelehnt. Nichts dringt zu dieser Frau durch. Sie ist überzeugt, dass ich ihr etwas Böses will. Rumpelstilzchen fühlt sich von mir bedroht und hat komplett dicht gemacht, weder im Gespräch noch schriftlich erreiche ich sie. Kein Durchdringen möglich. Sie hat vermutlich wirklich keine Ahnung, wie sehr ihre Schritte dafür durch Decken und Wände zu mir durchdringen.

In meiner Not nehme ich Kontakt mit der Vermieter-Gesellschaft auf. Dort ist man der Meinung, dass man nichts tun kann und nichts tun muss. Im genossenschaftlichen Wohnungsbau wäre das nun mal so.

Dabei könnte es so einfach sein, meine Qualen abzustellen. Diese Frau müsste doch einfach nur ein paar andere Schuhe tragen, und wir könnten beide hier in Frieden und Ruhe wenigstens einigermaßen anständig leben. Das ist doch keine große Sache und wäre so einfach zu lösen.

Ich will niemanden belästigen, aber ich will auch nicht belästigt werden und deshalb schalte ich, inzwischen völlig verzweifelt, meinen Anwalt vom Mieterschutz ein. Ich frage an, was ich tun kann und erhalte eine ellenlange Ausführung darüber, dass ich rein gar nichts tun könne.

Allein die Ausführungen in Rechtsdeutsch sind so absurd, dass ich schon beim Lesen am eigenen ⸮ und vor allem am Verstand der Gesetzeserfinder ⸮ zweifele. Gesetzgeber verfügen offensichtlich über eine merkwürdig ausgeprägte Phantasie.

Ich solle Buch führen über die Schritte der Obermieterin, bekomme ich als Ratschlag, um dann gerichtlich vorgehen zu können. Was? Ich soll hier sitzen und Buchführung machen über die Schritte der Nachbarin, mit Unterschriften und Zeugen? Soll ich tatsächlich ein Formular entwickeln, eine Exeltabelle erstellen mit Rechenfunktionen, in graphischer Darstellung? Bunte Diagramme? Genaue Uhrzeiten eintragen, Wege aufzeigen, Laufrichtungen und Entfernungen angeben? Schritte zählen?

Da ich anscheinend nichts anderes machen kann, bleibt mir keine Wahl. Resigniert lege ich mir in meiner Hilflosigkeit Stift und Papier zurecht, ich muss doch irgendetwas tun, sonst drehe ich durch. Zwei Tage lang notiere ich Uhrzeiten, mittags, nachmittags, abends, nachts um eins, morgens um vier, wenn die Dame die Toilette besucht, um fünf zum zweiten Toilettengang, um sechs ...

Ihre Schritte werden immer lauter, je mehr ich mich damit beschäftige, umso mehr bohrt sich mir dieses Gehämmer schmerzhaft ins Hirn. Die Sache spitzt sich zu. Ich habe neben Block und Stift meinen Schrubberbesen postiert, 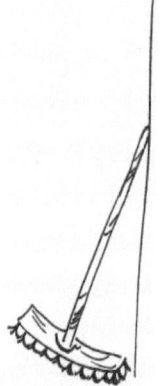 damit ich wenigstens mal ordentlich zurückbollern kann, wenn ich es gar nicht mehr ertrage und es nicht mehr ausreicht, meine Wut in Tabellenform zu bringen.

Wie lange kann der Deckenputz das aushalten? In der Decke zeigen sich die ersten Beulen. Wie verbeult ist mein armes geschundenes Hirn? Wie lange kann *ich* das aushalten? Ich umwickele meinen Besenstiel mit einem Handtuch, damit ich meinen Deckenputz nicht gänzlich zerstöre.

Meine einzige Waffe im Kampf gegen den Lärm. Das Handtuch sieht aus wie ein Helm auf meinem tapferen Schrubber-Soldaten. So mussten sich die Burgbewohner in den Gebrüder-Grimm-Geschichten gefühlt haben, wenn Angreifer gesichtet wurden und sie zu den Waffen griffen. Ein verzweifelt entschlossenes Gefühl stellt sich ein.

Also los, ich bin gerüstet, der Kampf kann beginnen. Rumpelstilzchen will Krieg. Ich habe keine andere Wahl, ich muss kämpfen, also kämpfe ich.

Habe ich noch nie zuvor gemacht, aber ich konnte mir auch nicht vorstellen, jemals in eine solch irrsinnige Situation zu geraten. Ich habe einfach keine Wahl, stelle mich dem Kleinkrieg und stehe damit für mich und meine Bedürfnisse ein (neu und ungewohnt für mich).

Ich verteidige meine Burg ⃞ auch wenn der gemein---nüzige Wohnungsbau weit entfernt ist, eine Burg zu sein; schon allein vom Mauerwerk her; das Gebäude hier ist vermutlich aus Kriegstrümmern zusammengestückelt. Obwohl … man könnte das hier durchaus als Proll-Hoch*burg* bezeichnen … Aber zurück zu meinem Kampf.

Ich probiere meine selbstgebastelte Besen-Waffe aus, als es von oben mal wieder ganz dicke kommt und ohne Unterbrechung böllert.

Uhhhii, das ist jetzt auch schön laut mit der Handtuch-Helm-Umwickelung, damit 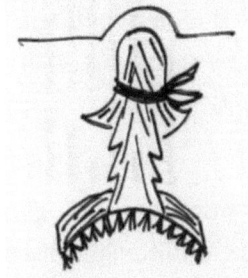 kann ich Rumpelstilzchen so richtig gut Kontra geben, auch wenn die Beulen in meiner Decke nun noch größer werden. Wir hämmern jetzt also um die Wette ⸮ und uns um den Verstand.

Ich brauche Zeugen, die meine Schritt-Belästigungs-Buchhaltung bezeugen können, das wurde mir vom Anwalt jedenfalls geraten. Ich brauche Leute, die bezeugen, wann diese Frau auf ihren hohen Holzstelzen wütend von der Küche ins Wohnzimmer stapft, vom Esstisch zum Kühlschrank, vom Bett zum Klo, vom Spiegel zur Kaffemaschine, vom Regal zum Schrank, vom Sofa in die Küche, von der Spüle zum Abfalleimer … mit genauen Zeitangaben.

Aber dieses Geböller kann ich keinem Gast zumuten. Eine Freundin erklärt sich bereit, wir trinken Tee und lauschen nach oben. Lange hält sie es nicht aus, dann hat sie einen dringenden anderen Termin.

Laufen Sie doch mal nur einen einzigen Tag bewusst durch Ihre Wohnung! Haben Sie eine Ahnung, wie viele Schritte Sie täglich in Ihrem Zuhause hin- und hereilen??? Allein wie viele Schritte ich jeden Tag völlig ziellos in meiner Wohnung unterwegs bin, nur um meine Brille zu finden.

Tock, tock, tock, bum, bum, bum. Hilfe, ich drehe durch, ich muss gleich ein Stockwerk höher stürmen und Türen eintreten oder noch besser mit meinem präparierten Besenstiel einschlagen, einrammen, so wie man das früher mit den

Burgtoren gemacht hat. Das würde so richtig schön Krach machen. Und dann gehe ich in die Kanzlei und ziehe dem Anwalt, der mich zur Buchführung veranlasst hat, meinen Besen über den Kopf. Hat er sich mit Rumpelstilzchen zusammengetan? Will er mich zusätzlich in den Wahnsinn treiben mit seiner Schrittbuchhaltung?

Inzwischen bekam ich eine anonymisierte Mail. Die Mail wurde über einen speziellen Surfer in Spanien verschickt, damit man den Absender nicht feststellen kann. Diese Mail ist so eindeutig, dass klar ist, woher sie kommt. Und es ist sehr unheimlich. In dieser polemischen Mail werde ich unter Anderem als Psychopathin beschimpft. Es wurde also nach mir gegoogelt, iiihh und ich wurde gefunden.

Ich bin verzweifelt, die Angelegenheit nimmt immer krankhaftere Züge an. Ob an diesem Vorwurf etwas dran ist? Bin ich eine Psychopathin? Ob ich böse bin? Bin ich so eine böse alte Frau geworden, die andere nicht in Frieden leben lassen kann? Eine, die sich über alles und jeden ärgert und deswegen andere ärgern muss?

Meine Selbstzweifel lassen mich kaum noch zur Ruhe kommen und dazu das ewige unregelmäßige Gedonner dieser grauenvollen Schritte über mir. Bin ich zur Gefahr für die Allgemeinheit geworden?

Meine Wut ist inzwischen fast grenzenlos und überhaupt nicht mehr in Tabellenform zu halten. Alle sind gegen mich, auch die Nachbarn wurden gegen mich aufgehetzt. Es ist wirklich unglaublich, wie kann mir so etwas passieren? Ich bin friedliebend, ich will andere in Ruhe leben lassen, aber ich will inzwischen auch leben ⸺ und zwar in Ruhe.

Wenn mir das deutsche Recht nicht helfen will und kann, dann muss ich mir doch irgendwie selbst helfen können.

Sonntag-Morgen. Eine Stunde lang dröhnen von oben schon wieder diese zornigen Schritte, die direkt aus der Hölle zu kommen scheinen (ja, aus der Hölle, obwohl sie oben entstehen ⸺ aber wer weiß in diesen Zeiten schon, was Oben und was Unten ist?).

Vermutlich bereitet Rumpelstilzchen gerade das Frühstück. Es geht vom Bett zum Klo, weiter zum Kühlschrank (ohne Pause am Waschbecken!), vom Kühler zum Esstisch im Wohnzimmer, zurück in die Küche zum Herd, zum Kühlschrank, immer wieder zum Tisch, zurück in die Küche, dazwischen ins Bad inklusive Klospülung und wieder weiter Hin- und Her zwischen Küche und Wohnzimmer, immer den langen Flur entlang.

Sicher wird es ein opulentes Sonntagsfrühstück mit allem drum und dran. Und jedes Teilchen, das auf dem Frühstückstisch landet, wird einzeln und lautstark herangetragen. Die Brötchen, die Butter, ein Tellerchen, dann der zweite Teller,

Tassen, Messer, Löffel, Eier, Marmelade, Käse, Wurst ☒ jede Scheibe einzeln, so scheint es.

Ich muss mit der Frau reden. Ich muss fragen, warum es ihr so schwer fällt, andere Schuhe zu tragen. Vielleicht kommt sie ohne Absätze nicht an ihre Schränke ran, weil sie so klein ist? Ich muss sie fragen. Sicher kann ich das Getrampel besser aushalten, wenn ich sie wenigstens verstehen kann.

Vielleicht kann ich ihr anbieten, dass sie jemanden ihres Vertrauens zu mir runter schickt während sie oben rumläuft, damit sie mal einen vertrauenswürden Bericht erhält. Ich will ihr anbieten, dass sie sich in meine Wohnung setzt während ich oben mit meinen einzigen schicken Pumps mit hohem Absatz ihren Frühstückstisch Stück für Stück abräume. Wenn sie das selbst hört, muss sie mich doch versehen.

Mit neuer Hoffnung und mit großem Friedenswillen, auch mit heftigem Herzklopfen, klingele ich bei ihr. Stühle werden gerückt. Die Tür geht auf und ich bekomme nur ein einziges Wort heraus, weil ich inzwischen so durchgedreht und aufgeregt bin: „Warum?"

Daraufhin kommt mir großes, sehr unangenehmes und schier unaufhaltsames Geschrei entgegen: "Was wollen Sie von mir? Ich bin das nicht, ich liege ja noch im Bett. Hören Sie endlich auf, mich zu belästigen, Sie Psychopatin Sie. Sie sind ja nicht ganz dicht mit Ihrer Klopferei. Verschwinden Sie, Sie blöde Kuh und kommen Sie nie wieder!"

Ich wage nur zaghaft zu flüstern: "Wenn es nicht Ihre Schritte sind, dann möchte ich Sie jetzt um Hilfe bitten, damit wir rausfinden, was es ist."

Aber sie erklärt mich lautstark, damit es auch jeder im Haus hören kann, für verrückt. Ich würde nicht in dieses Haus passen (wenn sie wüsste, wie recht sie damit hat).

Rumpelstilzchen schreit immer lauter. Und dann kommt sie aus ihrer Tür heraus, kommt mir bedrohlich immer näher. Sie schaut dabei aus wie die böse Hexe aus *Hänsel und Gretel* mit ihren langen grauen Haaren, die wild und wirr um ihren Kopf herum lodern.

Die Hexe schnappt mich am Ärmel meines Schlafanzugs und schubst mich durchs Treppenhaus (immerhin nicht in ihren Backofen).

Ich bin fassungslos und kann mich nicht wehren. Sie zerrt mich am Arm, wirbelt mich herum. Kurz bevor sie mich die Treppe hinunter stoßen kann, lässt sie von mir ab und verschwindet plötzlich ganz schnell in ihrer Wohnung.

Drinnen höre ich ihren Freund, der manchmal zu Besuch ist, mit ihr schreien und streiten. Ich höre an seinen angenehm leisen Schritten, wenn er bei ihr ist.

Jetzt aber ist er gar nicht leise, jetzt fangen die beiden auch noch an, sich gegenseitig anzukreischen. Ich höre ihn poltern: „Ich hab keinen Bock mehr hier, die Alte soll uns in Ruhe lassen, zieh endlich deine bekloppten Holztreter aus ..."

Schnell verziehe mich in meine Wohnung, zittere am ganzen Körper, wieder ist nichts so friedlich gelaufen, wie ich gehofft habe. Dass es so schwer sein kann, in Frieden zu leben.

Von oben kommt lautes Stimmengewirr, dann poltert es so mächtig, dass die verbeulte Decke bebt und meine Lampe wackelt. Vielleicht ist Rumpelstilzchen aus ihren Absätzen gekippt? Oder gar von den Absätzen gestoßen worden? Benötigt sie Hilfe? Hat der wütende (und vermutlich frühstückshungrige) Freund sie brutal in den Schuhschrank gestoßen?

Es ist plötzlich so still. Sehr still. Unheimlich still. Den ganzen Tag bleibt es still. Ich wusste gar nicht, dass es eine solche Stille geben kann. Ich höre nicht mal die anderen Nachbarn, nicht mal die tobenden Kinder aus der übernächsten Wohnung. Selbst die geben keinen Mucks mehr von sich. Vermutlich ist das gesamte Haus in eine Art Schockstarre verfallen. Es herrscht eine merkwürdige Atmosphäre. Vielleicht wurde ich von Rumpelstilzchen in ein anderes Märchen geschubst? Dornröschenschlaf?

Vorsichtig schaue ich aus dem Fenster. Ist die ganze Welt stehen geblieben? Wächst am Haus schon eine Dornenhecke empor? Fahren vorne auf der Straße noch Autos? Da, ein Motorrad rollt vorbei, die Welt draußen dreht sich offensichtlich weiter, alles scheint normal, wenigstens da draußen; nur diese Ruhe hier im Haus, diese Stille ... Wirklich unheimlich.

Kein hysterisches Lachen der Nachbarin wenn sie telefoniert, kein Raucherhusten des Nachbarn von links, kein tägliches Gestreite zwischen der Lacherin und dem Raucher.

Niemand poltert durchs Treppenhaus die Treppe hoch oder runter, nicht mal die Klospülung von gegenüber ist zu hören. Auch kein Fernseher von unten, noch nicht mal nachts in der Zeit zwischen 0:00 und 4:00 Uhr, wenn die Filme laufen, die mit viel Gestöhne und anderem Getöse einhergehen.

Es ist ziemlich still seit dem Treppenhausschubser vor einigen Tagen. So still, dass ich mich kaum noch zu bewegen wage, damit ich die Nachbarn nicht störe.

Keine Ahnung

Auf dem freien Platz der Schlossgarage ist eine neue Baustelle. Ein interessierter Bürger kommt mit seinem Rad vorbeigeschoben und fragt den jungen Bauarbeiter hinter dem Bauzaun: "Darf ich fragen, was hier gebaut wird?"

Der junge Bauarbeiter antwortet entwaffnend ehrlich:

"Ich habe keine Ahnung."

Keine Sorge

Nach der Yogastunde (ich bin die Yogalehrerin) gibt mir ein Teilnehmer das Geld in die Hand und ich sage: "Danke, hatte ganz vergessen, dass ich Geld von Euch bekomme."

Eine Teilnehmerin mischt sich ein: "Ja, unsere Yogini ist nicht sehr *geschäftstüchtig*."

Darauf er: "Also, solange sie uns nicht nach der Stunde bezahlt, mache ich mir keine Sorgen."

Gute Unterhaltung

An der Ahr war ich auch schon lange nicht mehr, fällt mir gerade auf. Dort gibt es leckereren Wein.

Und schon fällt mir schon wieder eine kleine Geschichte ein:

Ich war bei meinem schwulen Freund zu seiner Hochzeit eingeladen. Dort saß ich am Tisch mit einem Lesben-Ehepaar. Die Mannfrau war in einem riesigen Konzern in der Geschäftsführungsebene tätig, nicht als Sekretärin, sondern als Führungskraft, also ganz oben in der Geschäftsführungsebene angesiedelt. Damit will ich sagen, dass sie nicht ganz doof war, oder besser ausgedrückt: zumindest akademisch nicht ungebildet.

Sie erzählte den ganzen Abend und die ganze Nacht von ihrer Arbeit. Ihre angetraute Fraufrau, war nichts weiter als ihr angeheiratetes Anhängsel und bestätigte nur immer mal wieder die Erzählungen Ihrer Mannfrau mit einem bewundernd hingehauchten: „Jah."

Ich sprach gar nicht, habe in den ganzen Stunden, die wir da zusammen am Tisch saßen, allerhöchstens drei Worte anbringen können.

Zum Abschied spät in der Nacht drückten mich beide innig und herzlich. Die Mannfrau sagte gerührt zu mir: „Danke, es ist so nett, Sie kennengelernt zu haben. Vielen, vielen Dank für den schönen Abend und die wundervollen Gespräche", und die Fraufrau nickte bestätigend.

Ja, es war eine tolle "Unterhaltung", so toll, dass ich den Rest der Nacht völlig durchgedreht durch Köln rennen musste, um wieder runter zu kommen.

Ich landete dann morgens um 5:30 in einer echten köllschen Eckkneipe und quatschte den armen Mann hinter der

Theke zu (der daraufhin hoffentlich nicht in den Rhein gesprungen ist).

Es klappt nur ganz selten mit der Empathie und dem zwischenmenschlichen Austausch. Die wenigsten Menschen können sich unterhalten, ich ja wohl auch nicht, deswegen schreibe ich.

Volksfeststimmung
im Ein-Euro-Regen

Nicht, dass ich keinen Regenschirm hätte. Ich habe sogar *zwei*. Einen grauen Stockschirm (Werbegeschenk) und einen zusammenklappbaren, den ich vor Jahren in einer großen Drogeriekette für fünf Euro oder Mark erstanden habe und in meinem Rucksack herumtrage - vorzugsweise wenn die Sonne scheint. --- Und einer liegt für den Notfall im Auto, irgendwo hinter dem Sitz, vielleicht auch unter dem Reserverad.

--- Habe ich eigentlich ein Reserverad? Welche Farbe hat der Autoschirm? Ich kann mich nicht erinnern, weil ich ihn nie finde, wenn ich ihn brauche. Hoffentlich brauche ich nie ein Reserverad.

Und gerade auf dem Weg zur Küche fand ich noch einen Regenabhalter, er hängt im Flur an der Garderobe. Den habe ich aber wirklich erst jetzt entdeckt, während ich diese Geschichte aufschreibe:

Ich sah ihn letzte Woche in einer Fundgrube. Meinen ultimativen Regenschirm. Endlich mal ein bunter. Er hatte herrliche Farben, bedruckt mit strahlenden, bunten Schmetterlingen, die aus Regenwetter im Handumdrehen Gute-Laune-Wetter machen würden. Meine *beiden* ollen Teile Zuhause waren farblos, grau, braun, grün, langweilig. Ich musste diesen Schmetterlingsschirm einfach haben und stürzte in den Flohmarkt-Fundgruben-Ein-Zwei-Drei-Euro-Laden.

Im Laden wimmelte es nur so vor Schnäppchen. Ein Yogakissen (so schwer, dass es kaum tragbar ist, aber sehr schön bunt), ein Lehnstuhl für nur 15 Euro (sehr bequem) und natürlich der schöne Schirm für nur einen einzigen klitzekleinen Euro!

Da stand eine ganze Kiste mit diesen fröhlichen Schirmen. Im Schnäppchenfieber überlegte ich noch, ob wir gleich die ganze Kiste nehmen und einen florierenden Handel damit aufziehen sollten. Aber mein inzwischen Ex-Mann hielt mich zurück. Mehr als den Stuhl könne er nicht durch die fast undurchdringliche Menschenmenge jonglieren (wir waren versehentlich in den Hessentag geraten – das ist ein Volksfestspektakel, auf das man besser verzichtet).

Aber die Schnäppchen konnten wir uns nicht entgehen lassen, wo wir doch schon mal da waren. Volksfest hin oder her. Der Stuhl konnte uns prima als Rammbock dienen und erwies sich als sehr hilfreich, wie mein Mann ihn da so vor sich hertrug.

Auch konnte ich mich zwischendurch ausruhen. Ich schleppte nämlich schwer an zwei Plastiktüten mit Yogakissen und weiteren Schnäppchen, die ich nicht näher benennen möchte.

Wenn ich anfing zu schnaufen, stellte mein Mann den Stuhl einfach mitten in der Menge ab, ich setzte mich, verschnaufte und er nutzte die Zeit zum Rauchen.

Die Menge teilte sich um uns herum, wie auf einer Ameisenstraße, wenn die wuseligen Kleintiere um ein Hindernis herum krabbeln. Oder wie ... da gibt es doch auch eine biblische Geschichte ...?

Ja, auf dem Volksfest im Schnäppchenfieber ... Da ist ein Stuhl sehr praktisch. Für mehr ist der Schnäppchenstuhl leider auch nicht zu gebrauchen. Wie sich Zuhause rausstellte, stinkt er, wenn man eine Weile drauf sitzt und das fragwürdige Material Körpertemperatur annimmt - und hört auch nach einigen Tagen auf dem Balkon nicht mehr auf damit.

Auf den nächsten Regenschauer für meinen neuen bunten Schirm musste ich nicht lange warten. Der ging noch direkt auf diesem Volksfest nieder.

Juhu, die ersten Tropfen! Her mit den bunten Schmetterlingen! Diese schönen Farben, die leuchteten trotz des grauen Himmels so hübsch. Ungefähr dreihundert Meter weit.

Leichter Wind kam auf, das bekam den Schmetterlingen nicht, der Schirm schnappe beim leisesten Windhauch um.

Inzwischen tropften dicke Tropfen und ich kämpfte mit Wind, Schirm und schwer beladenen Plastiktüten und war schon ziemlich nass. Beim nächsten Windstoß brach ein Draht im zarten Schirmchen.

Ich versuchte, ihn provisorisch festzustecken mit dem Ergebnis, dass sich der Draht in meinen Finger bohrte. Vor Schmerz und Schreck ließ ich den Schirm los und die Schmetterlinge flogen davon. Ich hinterher. Mit blutendem Finger.

Alle Autos um mich herum und die ganzen volksfestlichen Menschen mit ihren langweiligen, grauen, braunen, grünen, aber funktionierenden, Schirmen blieben stehen, um sich das Schmetterlingsschauspiel anzuschauen.

Da stand ich nun, mit meinem wieder eingefangenen, zerfledderten und verbogenen Drahtgestell, an dem ein bunter, aber trauriger Fetzen hing, nass bis auf die Knochen.

Vielleicht dachten die Volksfestler, ich sei eine Straßenkünstlerin, eine Clownin, denn sie lachten und klatschten. Aus den Autos hupte man mir freundlich zu und winkte anerkennend. Offensichtlich eine gelungene Vorstellung. Leider war der Schirm nicht mal mehr zum Geldeinsammeln zu gebrauchen.

Ich suchte meinen Mann und fand ihn im strömenden Regen auf dem Stinkestuhl sitzend. Er spielte Zuschauer und klatschte am lautesten von allen.

Drohend schwenkte ich den Schirm, oder das, was davon noch übrig war, und zischte wütend: "Ich kaufe nur noch graue, braune oder dunkelgrüne Schirme, die mehr als drei Euro kosten. Und Du zahlst!"

Die Bioware ist schuld

Genervt an der Supermarktkasse steht der Mann vor mir. Er stöhnt, weil die alte Dame vor ihm etwas länger braucht, ihre Cents zu finden.

Der Genervte verdreht die Augen, dreht sich um die eigene Achse, stampft wütend mit dem Fuß auf. Er tut einfach alles, um die arme halbblinde Frau völlig nervös zu machen, so dass sie erst recht nichts mehr sieht und nichts findet.

Die Kassiererin erbarmt sich und hilft bei der Centsuche. Endlich geschafft, die alte Frau zockelt ab, der Eilige ist an der Reihe.

Klar, ein Preisschild klemmt und die Zahlen müssen manuell eingegeben werden.

Natürlich ist es die Bioware. Es ist immer die Bioware, die nicht eingescannt werden kann. Ich kenne das, weil ich viel Bio kaufe und oft die bin, wegen der es aus genau diesem Grund zum Kassenstau kommt.

Zurück zur Szene:

Die vergeblichen Versuche der Verkäuferin, die Ware doch noch einzuscannen und das anschließende langsame Zahlentippen nerven den Typen vor mir offensichtlich erneut.

Er schnauft die Kassiererin an, die sich daraufhin prompt vertippt. Er schnauft weiter. Wie viel Puste der Typ haben muss, um so genervt schnaufen zu können, gleich kommen sicher Rauchschwaden aus seiner Nase.

Dann ist es ohne weitere Zwischenfälle geschafft, alle seine Waren sind ordnungsgemäß erfasst und die Endsumme leuchtet auf.

Klar, vor lauter Ärger und Ungeduld hat er natürlich _nicht_ seinen Geldbeutel griffbereit. Nein, er fängt erst jetzt an, umständlich und hektisch danach zu suchen

– und mir böse Blicke zuzuwerfen, weil ich genervt tief durchatme.

Wochenendeinkauf

Überhaupt sind Männer beim Einkauf sehr hinderlich. Das ist samstags sehr schön zu beobachten, wenn die Jungs mit ihren Frauen einkaufen gehen.

Sie stehen immer im Weg, meistens hilflos, weil sie nicht wissen, was sie holen sollen oder wo es sich befindet.

Sie bringen falsche Sachen und werden wieder zurück geschickt, um die Markenware zu holen und wollen diskutieren, warum die Marke und nicht die, wo die doch billiger ist.

Sie verheddern sich mit den Armen ihrer Frauen beim Aufladen der Waren aufs Laufband.

Sie legen die empfindlichen Waren zuerst drauf, was dann zu Problemen führt beim Einpacken.

Oder sie stehen einfach nur hilflos hinter ihrer Liebsten und schauen ihr beim Aufladen zu, selbst wenn sie sich mit dem schweren Kartoffelsack schwer tut.

Wach werden sie erst, wenn die Endsumme aufblitzt und die Kassiererin kassieren möchte. Dann fällt ihnen ein, dass sie zahlen müssen und suchen nach der Geldbörse, was schon mal dauern kann.

Da hilft nicht mal tiefes Durchatmen, Schnaufen oder Aufstampfen, das bemerken sie gar nicht.

Denn sie sind jetzt mit Suchen beschäftigt und stehen wieder ihrer Frau beim Einpacken im Weg. Alles, wirklich alles dauert mindestens dreimal so lange, als wenn frau alleine einkauft.

Glauben Sie mir, ich habe die Zeit gestoppt. Schnaufend.

Bonuspunkte

Seit es diese Bonuspunkte-Sammelkarten in Form von Scheckkarten gibt und ich ständig die immer wiederkehrende Frage der Kassiererin im Ohr habe: "Haben Sie eine Bonuskarte?", stelle ich mir die immer wiederkehrende Frage: "Wie oft am Tag muss diese arme Frau eigentlich diese immer wiederkehrende Frage stellen?"

Und weil ich mir beim Anstehen an der Kasse immer wieder diese Frage stelle, überhöre ich entweder die immer wiederkehrende Frage der Kassiererin oder immer nur ich werde nie gefragt, wenn ich endlich an der Reihe bin (was unglaublich lange dauert, weil jeder vor mir erst seine Bonuskarte sucht und noch länger sucht nach diesen nervigen Papierschnipseln, mit denen man den Bonus verdoppeln, verdreifachen oder gar verfünffachen kann und die grundsätzlich einen Tag zuvor abgelaufen sind und für Diskussionen sorgen).

Ich jedenfalls vergesse ständig, die kostbaren Punkte zu sammeln und die Bonusvervielfacherpapierschnipsel liegen grundsätzlich Zuhause auf der Fensterbank oder sind vom Wind unter den Kühlschrank verweht.

So bekomme ich nie genug Punkte und muss mein nächstes Bügeleisen selbst kaufen.

Gezwungenermaßen habe ich mich zum Selbstkauf einer Salatschleuder durchgerungen und entsorge das hinterlistige Bonus-Kärtchen fachgerecht im Hausmüll. Sie tauchte sowieso immer nur dann auf, wenn es keine Punkte zu sammeln gab.

Ständig legte ich die Karte für Karstadt vor, dabei war ich bei Kaufhof – oder umgekehrt, ich kann diese Läden einfach nicht auseinanderhalten und weiß nur, dass sie nicht zur gleichen Kartenfamilie gehören.

Und jetzt, nachdem ich von dieser Kartenlast befreit bin, höre ich doch tatsächlich überall an den Kassen unseres Landes die an mich gerichtete Frage:

"Haben Sie eine Bonuskarte?"

Suppennudeln hätt ich gern

Jetzt bin ich heute schon so weit gelaufen. Habe einen Supermarktgroßeinkauf hinter mir, alles die Treppen hochgeschafft und in den Schränken verstaut. Das war sehr anstrengend, ich müsste mich jetzt eigentlich zwei Stunden ausruhen und eine Kleinigkeit essen. Aber es fehlen die Suppennudeln.

Nein ich möchte nicht die Spaghetti kleinbrechen. Ich möchte richtige Suppennudeln für meine feine Gemüsesuppe. Hatte ich in der Werbung gesehen und genau die müssen es jetzt sein. Heißhunger zwingt mich dazu.

Also laufe ich mit letzter Kraft nochmal los, rein in den Supermarkt, nur um festzustellen, dass ich mein Geld vergessen habe. Nein, ich kann nicht nochmal zurück; beim ersten Einkauf musste ich schon auf halber Strecke Kehrt machen, weil der Einkaufszettel fehlte – auf dem standen auch die Suppennudeln.

Was mach nur? Soll ich jemanden fragen: "HastemalneMark?" oder soll ich singen und die Hand aufhalten? Aber mir fehlt die Kraft und außerdem kann ich gar nicht singen. Mir bleibt keine andere Wahl, ich werde klauen müssen.

Ich habe noch nie etwas gestohlen, wenn man mal von den Brausestäbchen im kleinen Lebensmittelladen an der Ecke vor 45 Jahren absieht.

Das war damals eine Mutprobe und ich lief als Siebenjährige wochenlang mit schlechtem Gewissen herum bis ich dem Ladenbesitzer beichtete. Er nahm mich auf den Schoss und tröstete mich mit Brausestäbchen.

Wenn ich noch länger an Brausestäbchen denke, dann muss ich die auch noch haben. Schluss damit, dies hier ist ein Nudel-Notfall. Ich will nichts klauen, Ich werde mir die Nudeln lediglich ausleihen.

Morgen komme ich wieder und dann lasse ich einen Euro an der Kasse liegen.

Aber jetzt sofort brauche ich ein Päckchen von diesen ganz bestimmten Suppennudeln.

Möglichst unauffällig schlendere ich am Nudelregal entlang. Sehe mich möglichst noch unauffälliger um; ich bin ganz allein im Gang. Da kann es doch nicht so schwer sein. Aber mir fehlt die Traute. Nochmal den Gang hoch und runter.

Eine Frau kommt um die Ecke und greift nach Tagliatelle. Ich laufe nochmal hin und her, warte, bis ich wieder allein im Gang vor den Nudeln stehe. Ganz nah ran ans Regal und blitzschnell zugegriffen.

Ich klemme mir das Tütchen mit den feinen Suppennüdelchen in die linke Achselhöhle. Schaue mich um, niemand ist da, niemand hat etwas bemerkt.

Mit schiefen Schultern schlendere ich von Gang zu Gang, aber es fällt kaum auf, wenn ich den Arm angewinkelt halte. Mein Herz rast und pocht bis zum Hals. Immer wieder muss ich mir sagen, es ist kein Diebstahl, nicht mal Mundraub, nur eine kleine Leihgabe, nur bis morgen. Sicher benehme ich mich mächtig auffällig. Schon von Weitem kann man mir ansehen, dass etwas nicht stimmt.

Schwitzend biege ich in den nächsten Gang Richtung Kasse. Angstschweiß bricht aus, ich traue mich einfach nicht, an der Kassiererin vorbei. Kurz vor dem Laufband biege ich nach rechts ab in den Gang mit den Zeitschriften. Lese sämtliche Headlines:" Prince Harry zum 98. Mal verliebt"," Ist die Welt noch zu retten?", "Wer wird Millionär?", "Schnelle Hilfe bei Durchfall", "Promi bei Ladendiebstahl erwischt".

Schnell weg hier! Weiter zu Mehl und Zucker, im Bogen wieder Richtung Kasse. Zweiter Versuch, ich schaffe es wieder nicht an der Kasse vorbei. Biege jetzt nach links ab und studiere die Tiefkühlkost. Kaum zu glauben, was es da alles gibt. Warum koche ich eigentlich immer noch selbst, wenn es hier alles fertig zu kaufen gibt?

Eine Supermarktangestellte kommt auf mich zu; mich überfällt eine Panikattacke, das Blut sackt in die Beine, die Luft wird knapp, fast falle ich in Ohnmacht, aber freundlich fragt sie nur: "Kann ich Ihnen helfen?"

Was soll ich sagen? "Danke ich habe schon, was ich brauche unter dem Arm versteckt"?

Hilflos schaue ich sie an: "Ich suche ---" Was suche ich? "Ich suche leere Teebeutel."

Die suche ich nämlich sonst immer, weil ich sie zwischen dem ganzen Teepäckchen nie auf Anhieb finde. Irritiert schaut sie ins Tiefkühlregal: "Na, hier sind die jedenfalls nicht. Kommen Sie mit."

Wir stehen nun beide vor der riesigen Regalwand mit Teebeuteltee. Auch sie muss suchen. Überall Teebeuteltee, mit

Apfelgeschmack, mit Minze, mit künstlichen Aromen aller Art. Nur keine leeren Teebeutel für meinen losen Biotee. Ich schwitze mächtig - unter dem Arm mit der Nudeltüte besonders. Zum Glück sind die Nudeln im Plastiktütchen.

Die hilfsbereite Verkäuferin schleppt mich weiter. Zum Chef. "Chef, wir suchen Teebeutel."

Ich versuche abzuwiegeln. "Nicht so wichtig, hab jetzt keine Zeit."

Aber der Chef will eine zufriedene Kundin und hält mich auf. Also zu Dritt zurück zum Teeregal. Ich tropfe – vor allem links.

Auch der Chef findet keine Teebeutel, verspricht, sie bis morgen zu bestellen.

Mein schlechtes Gewissen zwickt – besonders links unter dem Arm.

Morgen werde ich ihm beichten. Er ist ein netter Mann, ob er mir dann Brausestäbchen schenkt ist allerdings fraglich.

Jetzt reicht es, ich renne fast an der Kassiererin vorbei, die mir freundlich zunickt. Und pralle direkt in einen schwarz uniformierten Polizeibeamten direkt vor dem Ausgang.

Diese neuen dunklen Uniformen sehen sowieso schon furchteinflößend aus, aber wenn man etwas auf dem Kerbholz hat, dann machen sie erst richtig was her. Und dann auch noch meine Vorgeschichten und Demoerlebnisse... Aber das sind andere Geschichten, ein anderes Buch vielleicht.

Ich quietsche erschrocken auf: "Verzeihung!"

Der Beamte sieht mich merkwürdig an. Polizisten haben einen geübten Blick, schätze ich, und haben einen sechsten Sinn, wenn jemand was ausgefressen hat. Erst jetzt bemerke ich überall schwarz uniformierte Polizisten um uns herum. Mit Helmen und Schlagstöcken. Hinten steht sogar bedrohlich ein Wasserwerfer.

Verstört murmel ich vor mich hin: "Es sind doch nur ein paar Nudeln."

Wieder werde ich merkwürdig angeschaut. Einige Polizisten werfen sich verschwörerische Blicke zu. Mit dem Arm, der unnatürlich von meinem Körper absteht, sehe ich sicher verdächtig aus. Schließlich könnte ich auch eine Bombe in meiner linken Achselhöhle verstecken.

Mir gelingt ein Ablenkungsmanöver: "Was ist denn hier los?", piepse ich zittrig und gebe mir Mühe, ehrlich zu klingen und nicht wie eine Diebin auszusehen.

Ein Polizist gibst Auskunft: "Demo. Wurde ja seit Tagen angekündigt."

Mal wieder typisch für mich, alle wussten es, nur ich hatte keine Ahnung. Ich lese keine Zeitung, schaue schon lange keine Nachrichten mehr, höre sie mir nicht mal im Radio an, weil sowieso immer nur Hiobsbotschaften verkündet werden.

Der Beamte glaubt mir nicht so recht, dass ich von nichts weiß, er ist misstrauisch und vermutet noch immer einen Hinterhalt.

Unter meinem linken Arm kochen inzwischen die Suppennudeln vor sich hin.

Ich muss nach Hause, brauche dringend meine Suppe für die Nerven und versuche es mit dem hilflosen Kleinmädchenblick: "Wie komme ich denn jetzt hier weg?"

Ich habe Glück, er ist Gentleman, der einer hilflosen Frau gerne hilft. Die Polizei, mein Freund und Helfer. Ritterlich schiebt er mich zur Seite: "Kommen Sie da an der Mauer entlang links am Wasserwerfer vorbei, jetzt aber schnell, hier geht s gleich richtig los."

Zum Abschied verspreche ich: "Vielen Dank für Ihre Hilfe. Morgen komme ich wieder und bezahle, versprochen."

Er hört mir nicht mehr zu, denn seine Armee bläst zum Angriff. Ich bin froh, dass ich nicht, wie sonst auf der anderen Seite bei den Demonstranten dabei bin. Ich muss jetzt schnellstens meinen Angstschweiß abduschen, aber auf Wasserwerfer habe ich keine Lust. Die habe ich schon spüren dürfen, kein Vergnügen, da kommt nur kaltes Wasser.

Völlig fertig entfliehe ich der Großdemo und komme mit allerletzter Kraft Zuhause an.

Obwohl ich gar keine Kraft mehr habe, hebe ich den linken Arm und lasse die zerdrückte Nudeltüte auf den Küchenboden plumpsen.

Von diesem Plumps werde ich wach. Mein Buch ist aus dem Bett gefallen. Ich atme erleichtert auf, alles nur ein Traum. Und ich weiß genau, was es jetzt gleich zum Frühstück gibt:

Küchenschrank

Zum Geburtstag bekam ich endlich richtige Bohrer für meine wunderschöne handliche Damen-Bohrmaschine geschenkt. Darüber freute ich mich sehr. "Nun kann ich meinen neuen Hängeschrank in der Küche aufhängen", dachte ich in freudiger Erregung. Konnte es kaum abwarten meine Bohr-Freundin auszupacken.

Endlich sind die Geburtstags-Gäste weg, ich kann loslegen. Sogar der Akku ist mir freundlich gesinnt und liegt ordentlich ordnungsgemäß (und kaum zu glauben: geladen!!!) in seiner vorgeschriebenen Vertiefung im Bohrmaschinenköfferchen, das ich mit rosa Blümchen verziert habe.

Mit zitternden Händen vor lauter Vorfreude suche ich Dübel und - ich kann mein Glück kaum fassen - es finden sich auch passende Schrauben.

Nun den noblen Bohrer mit jungfräulicher, vergoldeter Spitze in das Bohrfutter schrauben. Es macht schöne edle Geräusche, als ich den Bohrer ins Futter stecke. Leicht lässt es sich zudrehen. Sitzt, wackelt nicht und ist fest.

Noch merkwürdiger wird es, dass ich sogar auf Anhieb die Wasserwage im chaotischen Kellerregal finde und die Bohrlöcher fast problemlos auf der Wand anzeichnen kann, denn – oh Wunder: ich habe sogar einen Bleistift griffbereit; er hat nicht mal eine abgebrochene Miene, sondern ist auch noch schreibbereit.

Vorsichtshalber lieber nachmessen. Alles stimmt. Spätestens jetzt hätte ich doch mal stutzig werden müssen, dass alles so problemlos flutscht. Das ist nicht sehr üblich bei mir.

Ich setze die edel vergoldete nagelneue Bohrerspitze an der Markierung an, drücke meine Bohrmaschinen-Freundin an der richtigen Stelle, es geht los.

Lautes Brummen erfüllt die Küche, der Bohrer dreht sich wagemutig in den Putz, dass der nur so spritzt – in die darunter stehende Obstschale. Die hatte ich vergessen wegzustellen.

Wenigstens eine kleine Panne, das beruhigt mich und lässt mich mit neuem Mut den Bohrer fester ins Mauerwerk drücken.

Es bohrt und bohrt, ungefähr eineinhalb Zentimeter tief, das muss reichen, weiter geht es nicht. Ich ziehe den Bohrer zurück, es brösel mächtig ins Obst, die Bohrerspitze ist nun heiß und schwarz. Da sieht man wenigstens, dass sie fleißig war, oder?

Nun den Dübel ins Loch gesteckt. Hält nicht, das Loch ist nicht tief genug – oder der Dübel zu lang. Ein gutes Zeichen, dass nun doch nicht alles gleich klappt.

Ich hole den Hammer – oh Wunder: er liegt im Werkzeugkasten. Schlage vorsichtig auf das Dübelchen ein. Nichts passiert, es brösel nur ein wenig in die Obstschale.

Also kräftiger hauen. Nichts passiert. Noch fester, nichts passiert. Jetzt schlage ich wütend zu: der Dübel wird krumm und hängt nun mit mehr als der Hälfte schief aus dem Loch. Der Putz bröckelt und rund ums Loch sind nun unschöne Hammerspuren deutlich sichtbar. Ärgerlich, aber da hängt ja später der Schrank drüber.

Statt einzusehen, dass heute nicht der geeignete Tag für Bohrarbeiten ist, mache ich verbissen weiter. Ich kann den Anblick meiner Bohr- und Hammeraktion nicht aushalten, das muss alles schnellstens verdeckt werden. Koste es, was es wolle, der Schrank muss da heute noch hängen.

Ich suche mir einen neuen Dübel und – kaum zu glauben – finde sogar noch einen passenden in der Schraubenkiste.

Es sollte mir endlich zu denken geben, dass es so problemlos weitergeht; dass ich nicht kurz vor Ladenschluss in den

Baumarkt hetzen muss, um schnell noch eine Großpackung Dübel zu kaufen (weil es keine einzelnen gibt), um dann Zuhause nicht die passenden Schrauben zu finden.

Nein, ich bin nicht achtsam genug und stoppe die Aktion für heute nicht, sondern bleibe verbissen dran.

Den Dübel muss ich einfach nur kürzen. Kurzerhand knipse ich ein Stück ab, jetzt hält er zwar nicht mehr wie ein Dübel zusammen, hat aber dafür kleine einzelne Beinchen, die ich in das Loch stopfe, schnell die Schraube rein, damit er nicht wieder rausfällt.

Es hält im Großen und Ganzen eigentlich ganz gut, wackelt nur ein ganz klein wenig. Lieber nicht so oft hin- und her probieren, das bröselt doch zu arg.

Schnell verdränge ich die aufkommenden Gedanken an mein Schlafzimmerregal, das ich anbrachte, als ich noch keine Bohrmaschine besaß.

Damals bohrte ich die Löcher mit einem Schraubenzieher in die Wände für ein Regal, das über die komplette Wand ging.

Als meine Arbeit beendet war und ich sämtliche Bücher (ich habe viele) eingeräumt hatte, hielt alles. Es wackelte zwar ein wenig, wenn ich ein Buch raus oder rein stellte, und bog sich leicht bis mittelschwer nach links oder rechts, aber ich war eben vorsichtig und schob den Regalkollos immer wieder vorsichtig mit Samthandschuhen in die Mitte zurück.

Ein ganzes Jahr lang, völlig problemlos. Bis sich eines Tages eine Katze auf Samtpfoten ins Zimmer schlich. Sie sprang ohne Vorwarnung aufs Regal und alles brach sofort zusammen, riss sämtliche Halterungen aus der Wand und ich war nur froh, dass ich nicht gerade im Bett darunter lag. Die Katze flüchtete durch einen Sprung aus dem Fenster und wurde nie wieder gesehen.

Jetzt aber zurück in die Küche. Zum zweiten Loch. Ich setze an, meine Bohr-Freundin heult mächtig und voller Tatendrang auf. Der erste Zentimeter geht wie Butter durch, dann bohrt und bohrt es bis es qualmt.

Es bröselt mächtig in die Obstschale. Aber es geht keinen Millimeter weiter rein. Was soll's. Ein Loch macht immer Probleme. Selbst wenn ich zehn Löcher bohren müsste, eines ist immer dabei, bei dem es nicht funktioniert, das weiß ich aus langjähriger Bohrerfahrung und werte es als gutes Zeichen.

Schnell ist auch der zweite Dübel auf die passende Länge getrimmt und ins Bohrloch gesteckt.

Der Dübel fällt raus, es bröselt noch mehr in die Obstschale. Das Loch ist zwar noch weniger tief als das andere, dafür aber irgendwie größer.

Streichhölzer müssen her, dummerweise finde ich auch noch auf Anhieb ein nagelneues Päckchen, keine Ahnung wo das herkommt. Es liegt fein säuberlich in der Schublade, wo es liegen sollte.

Und leider auch diese Merkwürdigkeit lässt mich nicht innehalten. Ich zerbreche ein Hölzchen, drei Stücke stecke ich zu dem Dübel, es bröselt mächtig in die Obstschale. Dübel und Hölzchen fallen hinterher. Das Loch wird größer.

Neuer Versuch, nun mit Zeitungspapier – ich kann es kaum fassen, aber ich war noch nicht beim Altpapiercontainer, es gibt also genug Papier.

Ich stopfe und stopfe, noch mehr Bröseleien in die Obstschale, Papier und Dübel fallen raus, das Loch wird größer.

Jetzt werde ich aber richtig wütend. Renne in den Keller, finde – verdammt noch mal – auch noch einen Rest Putz. Leider keinen Spachtel. Dafür muss ein Küchenmesser herhalten.

Ich rühre den Putz an, stopfe wütend Dübel samt Schraube ins große Loch und quetsche den angerührten Putz mit dem Messer hinterher.

Es hält nicht, der Putzbrei verbindet sich nicht mit der Wand. Der angerührte Putz braucht eine feuchte Wand, damit er kleben kann, das fällt mir erst jetzt wieder ein. Es bröselt in die Obstschale, der Putzklumpen fällt samt Dübel und Schraube aus dem Mauerwerk – in die Obstschale. Das Loch wird größer.

Inzwischen ist es mindestens dreimal so groß, als es sein sollte.

Schäumend vor Wut, weil ich die Blumenspritze nicht finde, die für die nötige Befeuchtung sorgen soll, spucke ich ins Loch. Lose Krümel spritzen mir ins Gesicht und in die Augen und bröseln in die Obstschale.

Es dauert einen Moment, bis ich wieder sehen kann. Rotze läuft an der Wand runter. Ich muss mir die Augen auswaschen, die Wand putzen und platze fast vor Wut. Jetzt kann ich nicht mehr aufgeben, jetzt nicht mehr.

Wahllos stopfe ich Dübel mit Schraube und Putz in das nun angefeuchtete große Loch. Es hält.

Ich kann mein Glück kaum fassen. Ich bringe sogar die Geduld auf, ein paar Stunden zu warten, bevor ich den Schrank aufhänge.

Der Schrank hält. Er hängt zwar ein wenig schief, weil ich in meiner Wut beim Einputzen nicht mehr auf irgendwelche Markierungen achtete, aber er hängt.

Nur dass er schief ist, lässt mir keine Ruhe. Ich probiere ein bisschen hin, ein bisschen her. Hebe an, lasse vorsichtig los. Der Schrank bleibt schief.

Das kann ich nicht ertragen. Ich nehme einen keinen Nagel, schlage ihn direkt neben dem Schrank so ein, dass er den Schrank gerade hält. Der Schrank hält nun tatsächlich an diesem kleinen Nagel. Aber er hängt!

Zufrieden beiße ich krachend in einen Apfel, es knirscht mächtig. Aber der Schrank hängt.

Seit zwei Jahren passe ich nun auf, dass keine Katze die Küche betritt und warte trotzdem, dass er runter kracht – in die Obstschale.

Vorsichtshalber habe ich noch nichts hinein geräumt in meinen neuen Küchenschrank. Aber er hängt.

Neulich war ich mutig und habe mal die Tür geöffnet. Da geschah etwas Merkwürdiges. Die Tür ging nicht auf, aber der gesamte Schrank ließ sich von der Wand wegziehen wie eine Tür.

Und noch merkwürdiger: Der Schrank hängt.

An dem kleinen Nagel.

Verkehrsberuhigt

Seit heute verstehe ich, warum alle jungen Leute auf der Straße rumlaufen mit Stöpseln in den Ohren. Der reine Selbstschutz. Die machen das, weil sie ansonsten ebenso verrückt werden müssen wie ich heute Morgen (oder an jedem anderen Tag).

Ich gehe aus dem Haus, laufe 20 Meter den kleinen Fußweg entlang, will die kleine Straße nur für Anlieger überqueren, eine kleine Einbahnstraße, die in einem Halbkreis an Einfamilienhäusern, einer wenig malerischen Kirche und einer kleinen Heile-Welt-Grundschule mit bunten Kinderbildern an den Fenstern vorbeiführt, um dann 80 Meter weiter in der etwas größeren Straße zu münden, die auch noch als kleine, wenig befahrene Straße zu bezeichnen ist. Man könnte also meinen, es handele sich um eine verkehrsruhige Zone in einem Wohngebiet.

7:30 Uhr. Ich stehe hilflos am Bürgersteig unserer kleinen Straße, die eher als Weg zu bezeichnen ist, und komme nicht rüber.

Ein Auto nach dem anderen rollt in Schrittgeschwindigkeit nur wenige Zentimeter an mir vorbei und ignoriert mich völlig.

Vielleicht werde ich auch einfach nur nicht gesehen wegen der getönten Scheiben. Große, hohe, meist schwarze Autos, die feist nach Diesel stinken. In fast jedem Auto sitzt eine Mutter am Steuer, ein einzelnes Kind auf dem Sitz neben ihr, die Schultasche schon auf dem Schoß, um nach der Kurve gleich rauszuspringen.

Jetzt stockt der Verkehrsfluss. Mütterstau.

Jeden Morgen das gleiche Schauspiel. Eine Mutter hat sich festgefahren. Die Kurve ist eng, das Mutterauto zu groß und viel zu breit.

Mutter versucht es mit viel Gas und Kupplungschleifen. Vorwärts, rückwärts, vor, zurück, fährt dabei fast meinen Nachbarn um, den sie hinter ihrem hohen Auto nicht sehen kann; sie schrammt am Zaun entlang und kann nicht weiter, denn hinter ihr stehen schon zwei Taxis (ja einige Grundschüler kommen mit dem Taxi). Inzwischen mindestens fünfzehn andere große schwarze Autos bis zum Ende der Straße, mit Müttern, die sich erst gar nicht trauen, rückwärts zu fahren.

Giftige Dieselwolken wabern in der Luft, hinten wird schon wütend gehupt und aus dem Taxi in einer fremden Sprache geschimpft. Es stinkt mächtig nach Abgasen.

Ich zwänge mich zwischen zwei Wagen mit getönten Scheiben hindurch und stelle mir jeden Morgen die gleiche Frage, eine Frage, die ich auch schon mal an einem besonders schlechten Morgen den gestressten Müttern stellte. Damals klopfte ich (oder ehrlicher: bollterte ich wütend) im Abgasnebel an getönte Autoscheiben und schrie den gesamten Stau entlang in jedes Mutterauto: "Warum müssen Sie sich und ihr Kind durch diesen kleinen Weg zwängen mit ihrem Panzer? Vorne auf der etwas größeren Straße gibt es Haltemöglichkeiten, da könnten die Kinder in Ruhe aussteigen und die 35 Meter in den Weg reinlaufen."

Ich erntete natürlich meist nur verständnislose Blicke oder wurde angezickt, ich solle mich um meine eigenen Angelegenheiten kümmern.

Ist das denn nicht mein Anliegen als Anlieger? Ich jedenfalls brauche nicht mehr zu fragen, ich kenne die Antwort, wenn ich mir dieses tägliche Chaos anschaue: Die Mütter können gar nicht anders. Es ist viel zu gefährlich, Kinder hier frei laufen zu lassen.

Gut, dass morgen Samstag ist, denn da ist schulfrei und unsere kleine Straße endlich mal verkehrsberuhigt. Das müssen wir Anlieger genießen, denn der Sonntag kommt bestimmt.

Da stürmen die Christen unsere kleine Straße, um sich mit ihren großen Autos auf der Suche nach einem Parkplatz direkt vor der Kirche festzufahren.

Das Gehupe wird dann begleitet von unmelodischen Kirchenglocken, die immerhin keine Abgase erzeugen.

Mein Weg ist noch nicht zu Ende, ich bin ja gerade erst losgelaufen, das waren nur die ersten 50 Meter. Ich erlebe noch erheblich mehr auf meinem morgendlichen Weg zur Arbeit, gänzlich ungeschützt ohne Walkman, Ipod oder Handygedudel aus dem Ohrstöpsel.

20 Meter weiter. Zwei Hausbesitzer streiten sich, der Eine hat die Ausfahrt des Anderen zugeparkt (was im Moment völlig egal ist, denn er könnte sowieso nicht rausfahren).

Immer mehr Autos um mich herum, alle wollen zur kleinen Schule, Rückstau nun auch auf der größeren Straße, Mütter schlagen wütend auf Lenkräder, hupen oder kreischen aus den Seitenfenstern.

Das Geschrei der Kinder, die sich gerade vor mir aus dem Schulbus schubsen, ist erholsam dagegen und geht im Autolärm unter.

Ich erleide fast einen Herzinfarkt, als ich direkt neben dem Schulbus versuche, durch die drängelnden Schüler zu kommen. Der Busfahrer will wohl auch mitreden und drückt beherzt auf die Hupe.

Vor Schreck falle ich gegen einen kleinen Schüler, der sofort anfängt zu heulen. Ich muss trösten und laufe erschöpft weiter.

Ca. 100 Meter bleiben mir Zeit zur Erholung, 100 Meter den malerischen Weg an Schrebergärten und Bäumen entlang. Die Vögel zwitschern. --- Ganz schön laut, besonders die Tauben mit ihrem blöden

Gegurre. Können nicht wenigstens die mal still sein?

An der großen Kreuzung stehe ich dann, der Kinder wegen. Die Fußgängerampel ist rot. Kinder rennen an mir vorbei. Ein Krankenwagen rast die Straße entlang. Direkt neben mir, wirft er die Sirene an.

Vor Schreck und noch benebelt von den Mütterabgasen muss ich mich am Ampelpfosten festhalten, um nicht umzukippen, denn von der anderen Seite werde ich gleichzeitig von einem Schulranzen gerammt.

Da rast ein Notarzt lautstark um die Kurve, ich rufe ihm nach: "Halt! Hilfe! Hier bin ich!" Aber er kann mich nicht hören, denn jetzt kommt auch noch die Feuerwehr, drei riesige Wagen brettern mit Blaulicht und Martinshörnern vorbei.

Endlich, ich komme in die Altstadt, ruhige, kleine Straßen, wenn man mal absieht vom Müllauto, das mir den Weg versperrt, mächtig stinkt und sich auch keine Mühe gibt, leise zu sein.

Und natürlich abgesehen von der extrem lauten, großen Kehrmaschine, die ich jeden Morgen in der Fußgängerzone treffe, am Steuer eine verbissene, finstere zusammengekauerte Gestalt, die durch die Straße rast, ohne Vorwarnung plötzlich nach links oder rechts ausschert und alles plattfährt und einsaugt, dass im Weg liegt.

Gruselig der Fahrer, der aussieht, als würde er nicht mal merken, wenn er den einen oder anderen Passanten wegkehrt mit diesem gefährlichen Ding, das zwar Müll einsaugt, aber dafür schrecklichen Lärm und dreckige Gase raus bläst.

Ich werde mir jetzt nicht die Frage stellen, warum unsere saubere Fußgängerzone schon wieder gesäubert werden muss. Es kann doch nicht nur das kleine Kaugummipapier da vorne sein, oder?

Gerade überlege ich, ob ich ein paar Bonbonpapierchen aus meiner Handtasche zaubern kann, damit dieses laute, stinkende Biest etwas zu Essen bekommt und mich in Ruhe lässt, da kommt mir ein rückwärtsfahrender Laster entgegen. Er piepst laut, um seine Rückwärtsfahrt allen mitzuteilen.

Piep, piep, piep. Was ist schlimmer, die Kehrmaschine? Das Gepiepse? Nein, es ist dieses widerliche Ding da vorne im Vorgarten, das Laub zusammenbläst.

Warum nur, warum hat man diese Dinger erfunden? Ein Besen macht keinen Lärm, keinen Gestank und er sorgt auch noch für körperliche Fitness beim Benutzer. Wurden diese Blasgeräte von Fitnessstudios erfunden, damit die Leute zur Bewegung dorthin gehen? So wie unzählige Leute auch noch so kurze Wege ins Büro fahren, dort wieder ins Auto steigen, ein paar Meter ins Fitnessstudio fahren, um sich dann auf dem Laufband zu bewegen?

Meine Gedanken werden unterbrochen, ich biege in den kleinen verträumten Pfad ein, und da, tatsächlich, hier im engen Gässchen gibt es ihn noch, den gut gelaunten Straßenfeger mit seinem Reisigbesen, der mir freundlich einen Guten Morgen wünscht.

Der Tag ist gerettet, schlagartig geht es mir besser. Ich muss nur noch am Springbrunnen vor dem Kurhaus vorbei, aus dem das Wasser so laut heraus plätschert, dass sich nie jemand auf die Bänke drum herum setzt. Das hält keiner aus.

Jetzt passiere ich den Presslufthammer direkt vor der Bürotür, dann ist es geschafft.

Morgen werde ich Ohrstöpsel benutzen und mich auf meinem Weg mit Tom Waits so laut es nur geht beschallen, in der Hoffnung, schnell so schwerhörig zu werden, wie unsere Jugend, die ganz offenhörig allen Grund dazu hat.

Vielleicht sollte ich zukünftig aber auch mit dem Auto ins Büro fahren, wegen der Umwelt, die mich doch stark belastet.

Früher war schneller

Wollte ich früher Radio hören, drückte oder drehte ich früher einen Knopf und sofort dudelte die Musik.

Heute drücke oder drehe ich einen Knopf (wenn es denn überhaupt einen gescheiten Knopf gibt) und muss warten – denn heute ist selbst ein Radio nicht mehr **a**nalog, also **a**ltmodisch, sondern **d**igital, und das **d**auert.

Mein neuer Fernseher braucht lange bis er endlich ein Bild hergibt und sich mit der Fernbedienung bedienen lässt, weil er nicht mehr nur ein Fernseher ist, sondern ein Computer, der erst hochfahren muss.

Warum weiß ich nicht, denn ich fernsehe nur damit.

Verrückte Zeit

Hallo Bundesregierung! Liebe EU! Verehrte Welt! Verrückte Zeit!

Der Morgen danach; ich soll Freunde vom Flughafen abholen. Ausgerechnet an dem Morgen nach der Zeitumstellung, die zweimal im Jahr (nicht nur) meinen Biorhythmus komplett aus dem Gleichgewicht bringt.

Mein am Vorabend so sorgsam gestellter Wecker klingelt. Flughafenabholzeit. Ich schaue auf die Uhr und langsam dämmert es mir (draußen ist es ungewöhnlich dunkel). Die Zeit wurde umgestellt, vermutlich nur, um mich zu ärgern.

Meine Gehirnwindungen beginnen aufgeregt zu pulsieren. Ist mein Wecker ein Funkgerät? Ist das jetzt die umgestellte Zeit oder die alte? Ist es schon eine Stunde später oder früher, oder kann ich mich nochmal für eine Stunde umdrehen?

Ich springe hektisch auf, stoße mir den Fuß an der Bettkante und humpele schmerzverzerrt los, ich schaue auf die Uhr im Wohnzimmer. Stellt sich diese von selbst um oder ist das noch die alte Zeit? Oder ist das die Uhr, die ich bei der letzten Zeitumstellung vergessen hatte umzustellen? Zeigt sie somit die richtige Zeit? Oder ist das gar eine Zeitverschiebung um gleich zwei falsche Stunden? Wurde die Zeit nach vorne oder nach hinten verrückt?

Was sagt mein Computer? Stellt der sich automatisch um? Die Zahlen in der Küche am Herd zeigen eine Stunde früher, müsste es nicht später sein? Oder doch früher? Viel früher? Hatte ich die Weckzeit überhaupt richtig eingestellt? Wann sollte ich nochmal am Flughafen sein?

Panik. Zurück an den Computer, sind die Flugpläne noch in alter oder neuer Zeitrechnung? Haben die Flughäfen dieser Welt die Zeitumstellung berücksichtigt? Steht da die richtige Ankunftszeit, oder hatte ich versehentlich auf die Abflugzeiten geschaut? Habe ich eigentlich den richtigen Flieger aus der Liste rausgesucht? Kommen meine vielreisenden Freunde überhaupt aus Dublin? Oder kommen sie dieses Mal aus Kapstadt, oder doch Kopenhagen? Vielleicht auch aus Marrakesch? Wo stiegen sie heute Morgen in den Flieger? Und nach welcher Zeitrechnung? Mailand war auch neulich im Gespräch. Nicht nur die Zeit wurde verrückt, sondern ich werde verrückt. Kann man diesen Wahnsinn denn nicht endlich stoppen?

Niemand konnte mir bisher erklären, was das soll, zumal erwiesen ist, dass die Quälerei überhaupt nichts bringt, keine Stromersparnis und auch keine sonstigen Vorteile. Wer ist überhaupt zuständig und wo kann man sich beschweren?

Und glauben Sie mir, es gibt viele Beschwerden, von meinem gesamten Bekanntenkreis zum Bespiel.

Ich habe noch keinen einzigen Zeitumstellungsbefürworter getroffen, nur Beschwerer. Leider weiß niemand, an wen er seine Beschwerden richten soll. Alle Petitionen verschwinden im Nirgendwo. Falls es eine zuständige Stelle gibt, scheint diese komplett taub zu sein – und mächtig – jedenfalls mächtig ignorant.

Hallo Zeitverrücker, wo auch immer Ihr Euch versteckt: obwohl ich dieses Mal zufällig zur richtigen Zeit am Flughafen ankam und meine Freunde in dem Moment das Gebäude verließen als ich vorfuhr, ich sie also einsammeln konnte ohne Parkgebühr bezahlen zu müssen, so kann ich nur sagen: diese Zeitverrücktheit kostet dennoch viel Geld.

Sie hat mich heute Morgen nämlich so gestresst, dass ich nun erst mal eine Reha beantragen muss – die Rechnung schicke ich Ihnen zu. Vielleicht verklage ich Sie auch wegen seelischer Grausamkeit oder ich gründe eine Partei:

"Zeitsprung - Nein danke" oder "Zeitgenossen" vielleicht auch "Zeitgeist" oder "Uhrwerk", "Zeitlauf" oder besser: "ZFL-Zeitfreilauf", "Zeitgleiter" oder "Zeitfighter", vielleicht auch "Zeitgeister" oder "Zeitwohl" oder aber auch "ZF-Zeitfrieden". "Zeitsinn", "FDZ-Freiheit der Zeit", "ZDU-Zeit der Uhrzeit", "ZPD-zeitlose Partei Deutschlands", "DIE ZEIT" oder wir nennen uns ganz einfach "Bündnis Zeit/Die Uhris".

Wir sind noch in der Gründungsphase, aber sobald wir uns für einen passenden Parteinamen entschieden haben, hören sie von unserer Pressestelle.

Das ist eine ernst zu nehmende Drohung, wir sind nämlich mit großer Wahrscheinlichkeit ziemlich viele.

Unser Parteilied habe ich auf dem Weg zum Flughafen schon mal getextet, es wird (in etwa) gesungen auf die Melodie von "Alle Jahre wieder":

Halbe Jahre wieder, quäl'n uns die Zeitverschieber. Wir fall'n auf die Knie niedeher, da wir Gequälte sind. Wir woll'n die Zeiten wieder, wo Uhren freier sind.

Ich hoffe, diese Melodie geht Ihnen erst wieder aus dem Kopf, wenn die Uhren frei laufen dürfen.

Uhrige Grüße

Zeit… in Gründung

Beglaubigt oder wahr - Neues vom Amt

Mein Sohn benötigte amtlich beglaubigte Kopien seiner Schulzeugnisse, die ich besorgen sollte.

Es waren viele Blätter, drei Sätze à neun Seiten, auch weil sogar die Zeugnisse beglaubigt werden mussten für die Schule, die diese Zeugnisse selbst ausgestellt hatte. (Vermutlich leidet diese Schule unter starken Selbstzweifeln – zu recht wie ich finde aufgrund diverser Erfahrungen aus der früheren Schulzeit meines Sohnes. Aber das sind andere Geschichten ... ein anderes Buch).

Nun also endlich aufs Amt zur Beglaubigung. Wie meistens riecht es auf den Ämtern unseres Landes mindestens muffig, nach altem Teppichboden, ungewaschenen Bürgern, vielleicht auch nach ungewaschenen Angestellten.

Dieses Mal aber war es besonders schlimm (locker eine Woche nicht gewaschen und immer wieder das widerliche Axe-Deo drüber gesprüht). Mir blieb die Luft weg, ich hielt mir meinen Schal vor die Nase und fragte die Empfangsdame, warum es denn dermaßen heftig stinken würde und ob sich die Fenster denn nicht öffnen ließen.

Stoisch kam die Antwort ohne jegliche Gefühlsregung: "Es kommen halt viele Menschen hierher."

Ich weiß nicht, warum viele Menschen so verschwitzt und ungewaschen stinken müssen, aber sie fand das entweder völlig normal oder ihr Geruchsorgan hatte schon vor langer Zeit gnädig seinen Geist aufgegeben.

Erstaunlich schnell war ich an der Reihe, ich hielt den Gestank nicht länger aus und bat die Verwaltungssachbearbeiterin, das Fenster hinter ihr zu öffnen. Das tat sie sogar, ohne jegliche Gefühlsregung.

Ich erklärte mein Begehren und übergab die (originellen) Original-Zeugnisse mit Noten von Eins bis Fünf (in Mathe).

Damit zog sie los zum altersschwachen Kopierer und kopierte jedes Blatt einzeln. Nach amtlicher Zeit kam sie mit dem Stapel Papiere zurück und begann sogleich nach der Sortierung in drei entsprechende Zeugnis-Sätze mit der ersten Kopie.

Sie suchte den passenden Stempel, dann öffnete sie das amtliche Stempelkissen, drücke den zehn mal zehn Zentimeter großen Stempel gewissenhaft in das Kissen, klappte es wieder zu und suchte auf dem Blatt einen freien Platz. Sorgfältig drückte sie den Abdruck auf. Er bestand aus mindestens 15 Zeilen Schrift.

Sie begutachtete ihr Werk, legte den Stempel zur Seite und nahm ein Lineal zur Hand. Penibel genau strich sie das meiste von dem, was sie gerade gestempelt hatte, ordentlich durch.

Sie kontrollierte, ob sie auch genug durchgestrichen hatte und suchte dann den kleinen Datumsstempel.

Sie öffnete das Stempelkissen erneut, benetzte das Stempeldatum mit amtlicher Farbe, schaute nach, ob sie den Stempel richtig herum in der Hand hielt und stempelte sogleich mit geübter Geste fein säuberlich das Datum.

Zufrieden begutachtete sie ihr Werk, kontrollierte das Datum und legte den Stempel zur Seite, um den amtlichen Kugelschreiber zu suchen. Mit äußerster Sorgfalt unterschrieb sie ihre fast komplett durchgestrichenen Stempeleinen (Schönschreiben Note 1).

Dieser Vorgang wiederholte sich Blatt für Blatt auf die beschriebene Weise, inklusive Stempelkissen schließen und aufklappen für jeden einzelnen Stempelabdruck und Kugelschreiber suchen für jede einzelne Schönschriftunterschrift sowie Datumsstempel suchen und Kontrolle, ob er richtig herum in der Hand lag, vermutlich auch inklusive Datumskontrolle.

Ich will mich nicht beschweren, denn für diese Arbeitsweise ist sicher eine amtlich gut ausgebildete Fachkraft nötig und bei diesem Aufwand ist der Preis von drei Euro pro beglaubigter Abschrift doch wahrlich noch sehr günstig.

Helloween

30. November, 21:15! Meine erste Tiefschlafphase vor dem Fernseher. Es klingelt an der Tür. Schlaftrunken schwankend öffne ich.

Davor stehen die Monsterkinder aus dem Nachbarhaus. Sie halten mir einen prallgefüllten Stoffbeutel entgegen und rufen: „Süßes sonst gibt's Saures!"

Erbost über diese späte Störung nehme ich die Kinder beim Wort, rufe mit finsterer Miene und zusammengezogenen Augenbrauen: "Saures!", greife in den Beutel, ziehe mir eine Tüte Zitronenbonbons heraus und knalle die Tür mit einem festen Schubs zu.

Jetzt bin ich hellwach, sitze ich im Bett und lutsche saure Drops – nächstes Jahr habe ich bestimmt meine Ruhe.

Weihnachten im Straßenverkehr

So kurz vor dem besinnlichen Fest ist definitiv keine Zeit für eine besinnliche Autofahrt. Ich muss zum Bioladen, und zwar schnell.

Der Laden befindet sich im Nachbardorf. Um auf dem schnellsten Weg hinzukommen, muss ich die zweispurige Straße nehmen, die quer durch unsere Stadt führt.

Man darf dort, trotz der zwei Spuren, nur 50 fahren. Wie soll das gehen, so kurz vor der Besinnung?

Es herrscht ein besinnungsloses Gewusel auf den Straßen; die Leute fahren, parken, gehen und stehen kreuz und quer im Straßenverkehr, als gäbe es keine Regeln; alle scheinen komplett von Sinnen.

Überall verhindern die Sprinter der Paketausträger rücksichtslos die freie Fahrt, behindern an den unmöglichsten Stellen.

Ich habe wirklich Hochachtung vor diesen Jungs und ich weiß, dass sie einen schweren Job machen, besonders in den letzten Tagen vor dem Fest, aber müssen die ausgerechnet so kurz vor Weihnachten überall die Straßen blockieren? Können die ihre Päckchen nicht woanders austragen? Da wo die Straßen zweispurig sind zum Beispiel.

Und jetzt auch noch das: Ausgerechnet ein Stadtbus steht vor mir an der Ampel, die dummerweise immer dann auf Rot schaltet hat, wenn ich komme und es eilig habe.

Oh Mann, der blöde Bus hätte doch locker noch durchfahren können. Ich auch, mit Vollgas bei Dunkel-Orange, vielleicht auch bei Hellrot - im Windschatten des Busses.

Wegen des großen Brummis musste ich eine Vollbremsung hinlegen. Ich musste so stark bremsen, dass mein gesamter bisheriger Einkauf nach vorne rutschte und im Beifahrerfußbereich landet. Dort wo mein Müll der letzten Wochen liegt.

Ich weiß nicht, wo Sie Ihren Müll sammeln, der bei Autofahrten ständig anfällt, bei mir ist es der Fußraum auf der Beifahrerseite. Leider. Es sieht nämlich nicht schön aus dort. Kaugummipapierchen, Pappbecher vom Tankstellenkaffee, Ein Keramik-Teebecher von Zuhause, Plastikbesteck vom Fastfoodsalat, ein paar runtergefallene Pommes, Servietten, lehre Verpackungen von irgendwas, Visitenkarten von Gebrauchtwagenhändlern, die mir ständig mein Auto abkaufen wollen, leere und halbvolle Flaschen Wasser, Cola, Fensterreiniger, und Einiges mehr.

Wenn ich Glück habe, fährt meine Freundin ab und zu mal mit mir ins Museum oder zu Ikea. Sie kennt mich und bringt mir, bzw. meinem Auto, immer eine leere Plastiktüte mit.

Bevor sie einsteigt, hält sie die Plastiktüte hoch und wir sammeln den Müll ein, den sie fachgerecht im nächsten Abfalleimer entsorgt. Es bedarf keiner Worte mehr, wir sind inzwischen ein eingespieltes Team. Gut, dass ich manchmal diese praktische Beifahrerin habe.

Leider nur suche ich seit unserem letzten Museumsbesuch den Fensterkratzer, der im Winter immer im Beifahrerfußraum liegt, er muss wohl versehentlich im Müll gelandet sen.

Ich liebe mein Auto, ehrlich. Mein kleines schwarzes Auto, viel kleiner geht es kaum. Aber es hat ein Schiebedach! Und ungefähr 45 PS. Ein wahres Wunder der Technik, dass so viele Pferdestärken in so ein kleines Autochen passen.

Mit diesem kleinen Auto und mit nicht wirklich vom Eis befreiten Scheiben, da mir zum Eiskratzen nur eine CD-Hülle zur

Verfügung stand, stehe ich jetzt also hinter diesem riesengroßen Bus, der bestimmt gleich gaaanz laaangsam anfährt und mich gnadenlos hinter sich herzockeln lässt.

Nein, nicht mit mir, ich bin besinnungslos eilig so kurz vor der festlichen Besinnung.

Ich quetsche mich auf die linke Spur vor den dicken Audi, der gerade von hinten bedrohlich hupend anrollt, und gebe Vollgas.

Sobald die Ampel beginnt, Grün zu werden, trete ich voll durch. Ich brettere mit 45 PS los, will am Bus vorbei, dem drängelnden Audi entkommen und davonjagen.

Aber dieser riesige blöde Bus will sich einfach nicht überholen lassen. Wir rasen, inzwischen auf Touren gekommen, nebeneinander mit 80 Sachen durch die Stadt.

Am Krankenhaus vorbei, am Autohändler, raus auf die zweispurige Landstraße Richtung Bioladendorf. Hinter mir der drängelnde Audi mit Lichthupe, der mich allmählich in Panik versetzt.

Wir werden schneller (ab hier ist 70 erlaubt), wir brettern mit 110 durch die Baustelle.

Der Bus immer neben mir und meinem winzigen schwarzen Auto. Ein voll besetzter Bus, wie ich vorhin an der Ampel sehen konnte. Und wenn ich nicht so verbissen auf die Straße starren müsste wie ein Rennfahrer, weil ich viel zu schnell fahre, dann könnte ich sicher sehen, wie der Audifahrer hinter mir tobt und ich könnte die Passagiere im Stadtbus sehen, die rufen, jodeln und winken: "Schneller, schneller!"

Kultur-Banause

Wenn das so weiter geht mit meinen Kulturbemühungen, will bald keiner mehr mit mir kulturell unterwegs sein.

Ich war auf einer Vernissage, hielt mich am obligatorischen Glas Sekt fest und starrte auf das Werk vor mir. Meine Freundin neben mir starrte tapfer mit.

Eine sehr große Leinwand, ungefähr drei mal drei Meter. Unschuldig und unbemalt weiß, bis auf einen einzigen Pinselstrich. Gemalt mit einem dicken Pinsel von einem halben Meter Breite, schätze ich. Eingefärbt wurde er in blaue und grüne Farbe, und dann in einem gekonnten Schwung einmal quer rüber über die Leinwand.

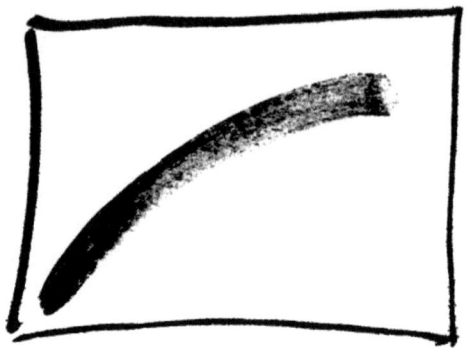

Ich konnte mich nicht zurückhalten und murmelte: "Also das hätte ich auch noch hinbekommen. Was hat der Galerist eben erzählt?"

Respektlos ahmt meine Freundin den hochtrabenden Galeristen nach. Sie schwenkt ihr Sektglas in großartiger Geste: "Die freizügige Tiefe von Grün und Blau erzählt das Wiegenlied von Leben und Tod in einer noch nie dagewesenen Weise ..."

Ich schaue genauer hin, mache einen Schritt vor, dann zwei zurück, um das bedeutende Werk wirken zu lassen.

Leider wirkt nur der Sekt, denn etwas zu laut entschlüpft es mir: "Der Künstler muss nur einen bekannten Namen haben, dann bewundert die Kunstscene sogar vergammelte Leberwürste und macht daraus eine Lebensweisheit.

Phantastisch eigentlich, was man aus einem einzigen wahllos hingekleksten Strich so alles deuten kann."

Der Mann, der inzwischen neben mir steht, erhebt sein Glas, prostet mir grinsend zu und sagt: "Ich wundere ich auch immer wieder, was in meine Bilder so alles hineininterpretiert wird."

"Prooost"

Buchtitel gesucht und gefunden

Wie soll diese Sammlung von kurzen Geschichten hier eigentlich heißen?

Klar, wer Antworten sucht, fragt heute nicht weise alte Frauen und Männer oder Gottheiten. Man fragt in der Regel auch nicht sich selbst, indem man in sich hinein hört, nein, man geht natürlich ins Internet.

Was haben wir eigentlich früher ohne Suchmaschinen gemacht? Gab es vor Google schon Leben auf diesem Planeten? Ich kann mich nicht erinnern. Auf jeden Fall befinde ich mich nun im Web-Zeitalter und befrage die große weite Welt, ob der mir vorschwebende Buchtitel noch zu haben ist.

Ich gebe folgende Begriffe in die Suchmaschine ein:

"Buchtitel/ist/das/noch/normal?" und erhalte folgende Vorschläge:

- mit dem *Buch* "Bluthochdruck heilen" halten Sie den Schlüssel zur natürlichen ... liegt Ihr persönliches Risiko *noch* viel höher, nämlich bei etwa 95 %! Wie ihr Blutdruck in kurzer Zeit normal wird

- Das Schattensyndrom, Neurobiologie und leichte Formen ... so deutlich ausgeprägt, dass man sich fragt, ist das noch normal?

- gibt es eigentlich noch normal hohe Jeans?
(Anmerkung der Schreiberin: eine Frage, die mich seit Jahren sehr beschäftigt, ich verbringe viel Zeit mit der Suche nach altmodischen taillenhohen Hosen.)

- dreißig Minuten nach dem Essen wieder Hunger und ein Blutzucker von ... Ist das noch normal?

— Buchtitel „Gefühle regieren den Alltag ..." War es denn, als ihre Tochter <u>noch</u> die Windeln trug, <u>normal</u> mit dem Stuhlgang?

Na also, das ging ja ganz einfach und schnell. Google hat auf (fast) alles eine Antwort.
Ein solches Buch gibt es noch nicht. Der Titel steht fest:

IST DAS NOCH NORMAL?

und weil ich so entscheidungsunfreudig bin, heißt dieses Buch nun:

Der ganz normale Wahnsinn

(danach habe ich nicht mehr gegoogelt)